Stefanie A. R. Sprotte

Kleine Ministrantengeschichten

Ministrantengeschichten

Impressum

Bibliografische Information der Deutschen
Nationalbibliothek:
Die Deutsche Nationalbibliothek verzeichnet diese
Publikation in der Deutschen Nationalbibliografie; detaillierte
bibliografische Daten sind im Internet über http://dnb.dnb.de
abrufbar.

Lektorat: Hannah S. Nauerth
Copyright aller in diesem Buch verwendeten Bilder hat:
Stefanie A. R. Sprotte

Herstellung und Verlag: BoD – Books on Demand,
Norderstedt

ISBN: 978-3-7562-9249-3

Kapitelübersicht:

**ALLE BILDER SIND SYMBOLBILDER UND HABEN
KEINEN DIREKTEN RÄUMLICHEN ODER
INHALTLICHEN BEZUG ZU DEN DANEBEN
ABGEDRUCKTEN GESCHICHTEN**

VORGESCHICHTE

Als ich am 12.05.2002 zur Erstkommunion ging, war ich mit vollem Herzen dabei.

Schon als ich im Kindergarten war (und in Camouflagehose und mit geflochtenem Zopf durch Büsche kroch, auf alles Kletterte, auf dass man klettern kann und lieber mit Jungs spielte als mit Mädchen), sagte so mancher: „Das ist ein komisches Kind." Und dann war ich auch noch sehr gern in Kirchen und auf Friedhöfen... Denn seit ich denken kann, glaube ich an Gott und als Tochter eines evangelisch - lutherischen Pastors und Enkelin einer überkonfessionellen Organistin, war ich sehr häufig mit zu Gottesdiensten und Andachten in Kirchen, Kapellen und auf Friedhöfen. Und auch meine Mutter betete viel mit uns. Der ausführliche Kommunionsunterricht bei der Gemeindereferentin, hatte meine Begeisterung für Gott dann noch erhöht. Der Glaube war für mich schon immer ein wichtiges Thema und als meine Eltern beschlossen zu konvertieren (bis 1998 waren wir - also Mama, Vati, meine große Schwester und ich - evangelisch), beschlossen wir Kinder dies ebenfalls zu tun, obwohl unsere Eltern betonten, wir dürften gern evangelisch bleiben. Es war und ist ja eh der gleiche Gott. Aber nachdem wir einige Messen besucht hatten und viele Abende über Gott und die Gemeinsamkeiten und Unterschiede der beiden Konfessionen diskutiert hatten, war für meine Schwester und mich klar: wir werden auch Katholisch.
Und nun, nach langen Monaten der Kommunions-vorbereitung, war es schließlich so weit. Meine erste heilige Kommunion. Endlich. Glücklicher hätte ich nicht sein können. Dieses Glücksgefühl trug mich dann durch den ganzen Tag und ließ unschöne Dinge - wie kleine Gesteins-

brocken beim Eintritt in die Erdatmosphäre – einfach verglimmen.

Vom damaligen Gemeindepfarrer wusste ich, dass Kinder in unserer Gemeinde nach der Erstkommunion eine Ausbildung zum Ministranten machen dürfen. Das wollte ich unbedingt! Schon früher hatten mich Ministranten fasziniert, wenn ich auf der Orgelempore stand und staunend von oben der Messe zu folgen versuchte, während meine Oma auf der Orgelbank neben mir saß und Orgel spielte oder Noten bereitlegte. Zeichenträger sein - für Gott. Den Menschen helfen, sich auf Gott zu konzentrieren, dem Pfarrer zu helfen, das Gebet für alle zu Gottes Lob und Ehre gut zu gestalten... Und ich hatte noch während der Kommunionsvorbereitung die Möglichkeit, Erfahrungen zu sammeln. Ja, mir ist klar, dass das ungewöhnliche Gedanken für eine Neunjährige sind und dass viele Kinder Ministranten werden, weil die Messe dann nicht so langweilig ist, aber ich war halt anders. Oft schon war mir aufgefallen, wie häufig die Menschen Gründe finden, sich zu beschweren und wie selten sie schöne Dinge und Gottes Hilfe wahrnehmen. So heißt es bei guten Ereignissen oft: „das hab ich mir Verdient" oder „Glück gehabt", bei schlimmen Ereignissen aber: „da hat Gott uns ein hartes Los zugedacht" oder „Gott stellt uns eine schwere Prüfung".

Und immer wieder scheint es Menschen schwer zu fallen, sich länger als eine Minute auf Gott zu konzentrieren. Da wollte ich helfen, etwas dagegen tun. Und Ministranten – so hatte es mir ein katholischer Pfarrer auf Nachfrage erklärt – dienen Gott und sind Zeichenträger. Sie helfen Menschen, sich auf die wesentlichen Dinge (das Gebet) zu konzentrieren und zeigen gleichzeitig nach außen, wie wichtig Gott und eine lebendige Beziehung zu Gott ist.

Das erste, was ich in der Ausbildung lernte, war: Es ist nicht nur wichtig die Dinge richtig zu machen. Viel wichtiger ist zu wissen, warum wir das tun und vor allem, es für Gott und die Menschen zu tun. Nun ja, wie das so ging, wusste ich ja auch schon, hatte ich doch gut in den Messen zugeschaut und meiner großen Schwester hatte ich Fragen gestellt, sie war ja schon Ministrantin. Und weil das dem Pfarrer einer Gemeinde, in der Oma häufig spielte, aufgefallen war, fragte er meine Schwester und mich im Februar 2002, ob wir einspringen könnten, weil die beiden Ministranten, die in dieser Messe dienen sollten, krank seien.

Kleinlaut sagte ich, dass ich noch nicht ausgebildet sei und erst im Mai zur Kommunion ginge. Da lächelte er mich an und sagte: „Du weißt doch, was ein Ministrant tun muss, oder?" „Ja" sagte ich. „Und dass man keinen Unfug machen darf während der Messe, weißt du doch auch." - Klar wusste ich das! „Dann zieh dich schnell um und denk daran: Fehler machen ist nicht schlimm, für den lieben Gott ist es nur wichtig, dass du mit dem Herzen dabei bist und dir Mühe gibst."

Als das Glöckchen zu Messbeginn läutete, schlug mein Herz bis zum Hals. Ich war fürchterlich nervös, weil da circa 200 Leute saßen und uns ansahen. Aber als wir vor der Altarinsel die Kniebeuge machten und zu unseren Plätzen gingen, wurde mir klar: Jetzt bist du Zeichenträger für Gott. Die Menschen schauen zum Pfarrer und wenn Sie auf dich schauen, dann, um sich wieder auf das Gebet zu fokussieren, wenn mal die Gedanken abschweifen. Und ab da war es einfach super. Eine ungeheure innere Ruhe überkam mich, alle Nervosität war weg und ich war einfach nur glücklich. Das wollte ich unbedingt wieder tun.

Von diesem Tag an diente ich immer wieder in der Kirche bei Messen, machte aber parallel die Ausbildung zur Ministrantin in unserer Gemeinde. Und es gab eine Menge zu lernen. Am Ende gab es dann eine praktische und eine schriftliche Prüfung. An ein paar Fragen erinnere ich mich noch... Zum Beispiel: Nenne alle liturgischen Farben und all ihre Bedeutungen. Oder: Wie heißen die einzelnen Kleidungsstücke der Ministranten bei uns und welche Bedeutung haben sie? Oder: Was ist eine Lunula? Aber auch Fragen zum Hochgebet und der Messstruktur kamen dran.

Die praktische Prüfung war nicht weniger knifflig. Flambeaux auseinander- und zusammenbauen, verschiedene Aufgaben von Ceroferar, Thuriferar, Navikular und Akolyth zeigen (der Libriferar musste nicht geübt werden, da bei uns die Akolythen den Dienst miterledigen). Diese Prüfungen bestanden zu haben, war für uns alle eine riesige Erleichterung, aber auch eine Ehre. Wir waren stolz, bestanden zu haben. Folglich war es wohl verständlich, dass wir bei unserer Messdienereinführung am 16.02.2003 alle vor der Altarinsel standen, als würde uns das Bundesverdienst-kreuz verliehen, während uns unsere Ausbilder erst die Rochette anzogen und dann die Plaketten umlegten, die der Pfarrer vorher mit Weihwasser gesegnet hatte. Die sechseckigen Messingplaketten zeigen, wofür wir das tun und weisen uns als verantwortungsvolle Ministranten aus. Auf der Vorderseite ist die Brotvermehrung zu sehen und der Satz: „Wer mir dienen will, folge mir nach!". Auf der Rückseite ist das Pfingstgeschehen abgebildet. Passt ja, tragen wir die Plaketten doch quasi über dem Herzen. Trotz der guten Vorbereitung lief natürlich nicht alles glatt (weil wir mega nervös waren), aber doch schon recht gut. Und allein dieses Gefühl mit 127 anderen Ministranten gemeinsam die

Messe zu feiern war atemberaubend! Aber so ernst ich meinen Ministrantendienst auch nehme (und auch damals schon ernst nahm), muss ich zugeben, dass es in den Jahren viele Dinge/Situationen in Messen und Vespern etc. gab, die eher kurios oder lustig waren. Und da ich nicht nur in meiner Heimatgemeinde gedient habe, sondern auch in vielen anderen Gemeinden, zum Beispiel im Urlaub und wenn ich Praktika in anderen Städten hatte, gab es so einige Situationen, die doch in der einen oder anderen Unterhaltung zur Erheiterung der Gesprächsrunde beitragen können. Ein paar davon möchte ich hier niederschreiben.

ALLEINE DIENEN

Erst wenige Wochen war ich Ministrantin, da gab es eine Messe, die ich allein dienen musste. Normalerweise sind wir zu sechst und auch die Messe zu zweit, zu dritt, zu viert und zu fünft hatten wir mal geübt. Zu zweit und zu sechst hatte ich auch schon gedient, aber alleine... das war doch deutlich schwieriger. Am Anfang ging alles noch recht gut, auch wenn mir der Evangelienzug so ganz allein etwas unheimlich war. Als die Messe dann bei der Gabenbereitung und der Kollekte angekommen war, wurde es natürlich etwas hektisch. Erst brachte ich dem Priester Buch, Kelch und eine Schale, dann verteilte ich die Kollektenkörbe. Plötzlich packte mich eine ältere Dame am Arm, zog mich zu sich herüber und fragte: „Sag mal Kindchen, bist du denn heut' ganz allein? Wo sind denn die anderen? Schaffst du das denn so ganz alleine?" - Nun bin ich ja halbwegs gut erzogen und als Ministrant sowieso fast immer höflich, aber was tut man da? Ich antwortete ihr: „Ja, darum muss ich mich jetzt auch sehr sputen, entschuldigen Sie mich bitte." Dann drehte ich mich schnell aus ihrem Griff heraus und huschte weiter, da der Pfarrer ja bereits auf die Hostien, Wein und Wasser wartete.

HANDYDIEBSTAHL

Einmal waren wir zu fünft und es hielt ein Fremdpfarrer die Messe, als ich während des Hochgebetes bemerkte, dass ein Ministrant, der hinten etwas verdeckt vom Altar kniete, mit seinem Handy spielte. Als der Friedensgruß an der Reihe war, ging ich (wie damals üblich) zu den anderen Ministranten, um ihnen die Hand zum Friedensgruß zu geben. So kam ich auch zu ihm rüber und mopste ihm bei der Gelegenheit gleich heimlich das Handy (um es ihm nach der Messe zurückzugeben, was ich ihm auch zuflüsterte). Die Messe ging normal weiter (bis auf ein paar böse Blicke, die der Junge mir zuwarf) und nach dem Auszug ging ich in die Ministrantensakristei und legte sein Handy auf seine Jacke (damit niemand merkt, dass er während der Messe gezockt hat). Dann zog ich mich um. Als ich dann die Treppe runter nach draußen ging, hörte ich zufällig, dass der Junge sich wohl beim Priester über mich beschwert hatte und der Priester ihm erklärte, dass man ja eh nicht während der Messe mit dem Handy spielt. Und dass er jawohl sicher sein könne, dass er sein Handy wiederbekäme, wenn er mich nur anspräche. Er antwortete, dass ich ihm ja gesagt habe, dass er das Handy nach der Messe wiederbekäme, aber dass ich doch nicht einfach sein Handy nehmen dürfe. Was der Priester antwortete, weiß ich nicht, da ich nicht gelauscht habe. Aber da der Junge erst einige Minuten später rauskam und nicht sehr glücklich wirkte und der Priester mir zum Abschied grinsend auf die Schulter klopfte, fand der Priester meinen Alleingang wohl nicht ganz so schlimm.

WEIHRAUCHDIENST

Wer bei uns Navikular oder Thuriferar werden wollte, musste früher die Weihrauchtaufe bestehen. Inzwischen gibt es dieses Ritual nicht mehr (leider), aber ich habe sie noch mitgemacht. Die Weihrauchtaufe funktionierte so: Ein ausgebildeter Thuriferar räucherte die Sakristei ordentlich ein. Jeder, der den Weihrauchdienst machen wollte, musste nun (unter Aufsicht natürlich) alles, was man so braucht für den Weihrauchdienst, aus der Sakristei holen. Wurde ihm/ihr schummerig oder übel durfte er/sie erst mal noch nicht als Navikular oder Thuriferar dienen, da die Gefahr bestand, dass er/sie während des Dienstes sonst umkippen oder sich übergeben könnte.

Da ich den Geruch unseres Weihrauchs schon immer toll fand, war und bin ich immer liebend gern Thuriferar (es gibt aber auch Weihrauchsorten die ich gar nicht gut riechen kann).

Übrigens ist Weihrauch deutlich besser als sein Ruf. Er hat mehrere Vorteile: 1.) wirkt er desinfizierend 2.) wirkt er beruhigend und 3.) übertüncht er sogar Schweißgeruch. Aus diesen Gründen wurde früher in Wallfahrtsorten wie z.B. Santiago de Compostella oder Lourdes ordentlich Gebrauch davon gemacht. Aber wenn der Weihrauch verbrannt ist und man die Kohle nicht freikratzt, kann ein unangenehmer Geruch entstehen.

Außerdem gibt es Menschen, die schon prophylaktisch husten, wenn sie Weihrauch nur von Weitem sehen. Da kann der Weihrauch aber nichts für.

DIE MESSE IST KEIN KAFFEEKLATSCH

Dann war da noch der etwas zu neugierige Pfarrer, den ich bei einem Aufenthalt in einer anderen Stadt (wegen eines Praktikums) kennenlernte. Ich kam früh zur Kirche und hatte ja vorher gefragt, ob ich mitdienen dürfte. Pünktlich kamen dann auch die Pfarrei-eigenen Ministranten und waren sehr nett. Wir zogen uns um und plauderten noch etwas (die Gemeinde hat nur elektrische Glocken, da hat man Zeit) und dann beteten wir gemeinsam zur Vorbereitung. Der Priester kam zwei Minuten nach offiziellem Messbeginn herein, zog sich um und fragte mich währenddessen, wo ich herkäme, wie ich hieße und ob ich freiwillig bei ihnen mitmache. Dann begann die Messe. In deren Verlauf fragte er mich immer wieder leise über unsere Gemeinde aus, was ich schon eher unangebracht fand, hätte man diese Dinge doch nach der Messe erfragen können. Als jedoch die Kommunionsausteilung war, trieb er seine Fragerei auf die Spitze. Als er die Hostie vor mir hoch hielt und ich erwartete, dass er so etwas wie: „Der Leib Christi" sagen würde, schaute er mich ernst an und fragte: „Wie viele Ministranten habt ihr in eurer Gemeinde?"... (na gut, Pfarrer sind auch nur Menschen, aber so was...). Die Minis und ich hatten nach der Messe aber noch viel Spaß miteinander (und ich beantwortete auch alle Fragen z.B. zu unserer Gemeindejugend) und wir übten spontan noch etwas mit Weihrauch, da sie mich darum baten (Bei ihnen wurde das nämlich nicht richtig geübt). Später aßen wir noch gemeinsam ein Eis und mit zwei der Ministranten habe ich noch Kontakt.

FEUERTAUFE

In meiner ersten Osternacht hab ich übrigens so richtig
Blödsinn gebaut. Ich habe keinen Zopf getragen, obwohl mir
eine ältere Ministrantin dazu geraten hatte. Während wir
Ministranten das Licht in der Kirche verteilten, musste ich
niesen. Dann ging alles ganz schnell: meine Haare flogen
durch das Niesen nach vorn, fingen Feuer und ehe ich
reagieren konnte, hatte ein älterer Messdiener schon gelöscht.
Mein Glück war, dass die damals eingeteilte Küsterin noch
nicht so oft eine Osternacht vorbereitet hatte und da sie sich
nicht sicher war, wo und wie der Pfarrer das Weihwasser
benötigen würde, hatte Sie in der Nähe der Orgel eine
Weihwasserschale mit Aspergill bereitgestellt. Ein älterer
Messdiener, der in meiner Nähe Stand, hatte dies gesehen
und (da wir uns nahe der Orgel befanden), prompt reagiert
(also die Weihwasserschale genommen und damit gelöscht).
Da es aber noch sehr dunkel war, die Gemeinde ja nicht in
unsere Richtung schaute und keiner von uns schrie, oder
anderweitig laut wurde, blieb der Vorfall beinahe unbemerkt.
Ich trocknete mich in der Sakristei schnell ab, kämmte mich
mit dem dort im Schrank liegenden Kamm und ging dann
wieder zurück, als wäre nichts gewesen. Nach Beendigung
der Osternachtmesse wünschen sich Ministranten und
Priester immer gegenseitig frohe und gesegnete Ostern. Zu
dieser Gelegenheit fragte mich doch glatt der Pfarrer (der
Gott sei dank nichts davon mitbekommen hatte): „Sag mal,
Steffi, hast du eine neue Frisur?"   Vorsichtshalber haben wir
in den folgenden Monaten niemandem etwas davon erzählt
und meine Eltern (denen ich das natürlich beichten musste)
waren nur froh, dass mir nichts passiert ist. Ich habe
jedenfalls daraus gelernt und trage bei solchen Messen
seither immer Zopf.

DIE PRIESTER UND DIE MINISTRANTEN

In einer anderen Osternacht schlief ein Junge am Ambo mit Flambeaux in der Hand ein. Sein leises Schnarchen sorgte bei uns anderen Ministranten für Erheiterung. Aber als er langsam nach hinten zu kippen drohte, reagierte der Priester (der gerade am Ambo aus der Bibel las) prompt, hielt seinen Arm hinter den Jungen und klopfte ihm kurz auf den Rücken. Dann hielt er den Arm noch so lange hinter den Jungen, bis er wieder richtig wach war, damit er nicht hintenüber kippt. Da er aber die ganze Zeit weiter las, bemerkte kaum jemand aus der Gemeinde, was da vor sich ging. Es war ja schließlich noch stockdunkel und der Pfarrer las nur im Schein der kleinen Kerzen. Aber in solchen Momenten merkt man als Ministrant, wenn ein Priester wirklich für seine "Minis" da ist. Dieser Priester hat übrigens so gut wie immer mit Verständnis und Fürsorge auf seine "Minis" geachtet, weshalb alle Ministranten/innen traurig waren, dass er in einer anderen Stadt als Pastoralverbundsleiter eingesetzt wurde und durch einen Pastoralverbundsleiter ersetzt wurde, der leider etwas weniger Verständnis für "seine" Ministranten/innen hat, als sein Vorgänger (meiner persönlichen Meinung nach zumindest). Und manchmal eine Herausforderung sein kann, obwohl er bestimmt auch ein netter Mensch ist.

Aber da wir nun keinen Gemeindepfarrer mehr haben, kommen viele verschiedene Priester zu uns und so ist für jeden Messbesucher mal der passende Priester da.

DIE (UNFREIWILLIG) FREIZÜGIGE BRAUT

Aber ich bin nicht die Einzige, die manchmal erst aus Schaden klug wird. An einem sonnigen Samstagnachmittag hatten wir gleich zwei Trauungen. Bei uns ist es Brauch, dass nach Trauungen und Taufen einige unserer Glocken von Hand geläutet werden. Vielen Hochzeits- und Taufgesellschaften macht das auch großen Spaß und Brautpaare läuten oft gern gemeinsam die größte Glocke. Diese ist aber sehr stark und man kann mit ihr prima springen, was - nebenbei gesagt - auch tolle Hochzeitsfotos geben kann. Hier gibt es aber neben den offensichtlichen Tücken eine weitere. Ich sage den Leuten grundsätzlich vorher wie und wo sie das Glockenseil anfassen müssen, um sich nicht zu verletzen, damit sie am besten läuten beziehungsweise springen können. Aber nicht jeder hört zu. Manche unterschätzen die Kraft der Glocke, was mit unter zu verkratzten oder verbrannten Händen, oder Zerrungen und kaputten Absätzen führt (besonders wenn derjenige nicht komplett nüchtern ist). So meinte auch die erste Braut dieses Tages, das wäre total einfach und ergriff ohne Vorwarnung das Glockenseil, so weit oben, wie es ihr möglich war. Böser Fehler, denn das Seil war grade unten und riss sie abrupt in die Höhe. Die Fotografen hielten alles auf Bild und Video fest, was für peinliche Aufnahmen sorgte, die wohl später nicht den Großeltern vorgeführt werden, denn die Braut trug ein trägerloses A-Linienkleid und das Oberteil des selbigen rutschte ihr durch die Wucht des Arme-Hochreißens herunter und gab noch tiefere Einblicke preis als der untere, nun hoch wehende Teil des Kleides. Einem älteren Herren, der neben dem Videografen stand, rutschte in diesem Moment der Satz: „Na wenigstens trägt sie einen Slip" heraus, worauf ihm jemand von hinten antwortete: „Ja und sie hat schöne Brüste."

DIE SCHWIEGERMUTTER

Manchmal merkt selbst ein Außenstehender, dass die bösen Schwiegermütter, die man aus Film, Fernsehen und Märchen kennt, nicht nur alle erfunden sind. Natürlich gibt es auch mega tolle, herzensgute Schwiegermütter, aber bei manchen Damen fragt man sich doch, wie die so nette Kinder haben können... So auch eine Dame, die zur Hochzeit ihrer Tochter in Schwarz erschien, weil Sie ja in Trauer sei, wie sie deutlich bekannt gab. Der Bräutigam aber ignorierte das und war sehr nett zu ihr.

Bei einer Hochzeit wartete der Bräutigam am Altar und die Braut kam und kam nicht. Die Schwiegermutter jedoch wurde immer fröhlicher und sagte schließlich laut zu ihm: „Ha, hat sie sich doch noch besonnen und gemerkt, dass sie was viel besseres verdient. Du kannst warten bis du schimmelst. Hähähähähä". Da reichte es dem Bräutigam (der bis jetzt die Liebenswürdigkeit in Person gewesen war) wohl doch und er entgegnete: „Hinsetzen und Mund halten! Schämst du dich gar nicht, in einer Kirche so gehässig zu sein? Wir lieben uns und das wirst du niemals ändern können!" Die Schwiegermutter wurde knallrot und ging wortlos raus. Zwei Minuten später klingelte das Handy des Bräutigams (das nur angeschaltet war, weil er vergeblich seine Braut zu erreichen versucht hatte). Die Braut war am Telefon. Sie hatte im Funkloch eine Reifenpanne gehabt. Nun war Sie unterwegs und untröstlich, ihren Schatz so in Sorge gebracht zu haben. Als Sie dann ankam, waren (fast) alle glücklich. (Und die Beiden waren so ein süßes Paar). Die Schwiegermutter war dann auch wieder in der Kirche und riss sich während der Trauung sogar zusammen.

EINE HOCHZEIT IST KEIN ABSCHLUSSBALL

Und dann war da noch die Hochzeit, bei der man merkte, dass da wohl jemand keine Kleiderabsprache vor der Trauung getroffen hatte. Die Braut war in einem sehr schlichten, halblangen, weißen Sommerkleid, mit rotem Schmuckbandgürtel gekleidet und trug Ballerinas. Geschminkt war sie gar nicht und auf dem offenen Haar war ein schmaler, weißer Blumenkranz befestigt. Sie stand in einer Ecke und unterhielt sich, als der Priester, der die Trauung hielt, aus der Sakristei herauskam. Vor dem Haupteingang stand aber die Trauzeugin, die der Priester versehentlich mit der Braut verwechselte und ich denke, niemand wird es ihm verübeln. Denn besagte Trauzeugin trug ein hell silbernes, strassbesetztes Ballkleid, und in ihren hochgesteckten, braunen Locken thronte ein glitzerndes Diadem. Zudem war sie auffällig geschminkt und hatte auch noch den Brautstrauß in der Hand.... Das ganze sah auf den Fotos später bestimmt irritierend aus, da auch Bilder gemacht wurden, auf denen die Braut auf der einen und diese Trauzeugin auf der anderen Seite des Bräutigams stand (dessen silbrig glänzender Anzug übrigens gut zum Ballkleid der Trauzeugin passte). Aber über die Jahre sieht man vieles. Es gab auch Bräute in Alltagskleidung, Regenbogenkleidern und Kleidern mit LED Beleuchtung, selbstgenähtem Filzhosenanzug, neonfarbenen Plateauschuhen oder auch schwarz tragende Bräute, Bräutigame mit Paillettenanzug oder durchsichtigem Spitzenhemd und auch Steampunk-pärchen. Eben jeder wie er oder sie es mag. Hauptsache man fühlt sich wohl.

PEINLICHES FEUERZEUG

Aber Hochzeiten bieten oft auch Gelegenheiten für Lacher. Zum Beispiel, als in unserer Gemeinde ein Mann heiratete, dessen Onkel die Trauung hielt. In freudiger Erwartung stand der Bräutigam in der Kirche, der Pfarrer und wir Ministrantinnen standen schon vorne vor dem Altar. Doch die Braut verspätete sich und nach 20 Minuten sagte der Pfarrer grinsend im Scherz zu uns: „Tja, wenn sie nicht kommt, muss eben eine von euch beiden meinen Neffen nehmen. Aber er ist ein guter Junge!" Drei Minuten später kam die Braut und als sie den Gang herunter schritt, fiel dem Pfarrer auf, dass der Docht fehlte, um die Kerze anzuzünden. Aber statt uns zu erlauben einen Docht zu holen, fragte er einfach: „Ich rieche, dass eine von euch raucht! Wer?" Die andere sagte, dass sie das sei. Da meinte der Pfarrer trocken: „Na, dann rück' mal das Feuerzeug raus." Sie meinte: „Aber das hab ich im BH!" Darauf antwortete er nur: „Es gucken doch grade eh alle auf die Braut. Rück' es raus." Sie gab ihm das Feuerzeug und er zündete die Kerze des Paares damit an, aber es war ihr sichtlich peinlich (vielleicht wohl auch, weil auf dem Feuerzeug eine nackte Frau abgebildet war).

HANDYS IN DER MESSE

Dann war da noch der eine Karfreitag, der uns allen bewusst machte, warum man Handys lautlos schalten kann und sollte, wenn man die Messe mitfeiert. Mitten in der Stille der Todesstunde krähte plötzlich leise ein Hahn; Dann immer lauter. Und ein Ministrant wurde krebsrot. Es war sein Handyklingelton. Naja, wenigstens passender als irgendeine Melodie. Da sich das Handy aber in der Ministrantensakristei befand, konnte er es nicht einfach ausschalten. Sobald er konnte, holte er dies aber unauffällig nach.

In einer anderen Messe klingelte ein Handy und hörte nicht auf, bis irgendwann jemand an die Jacke des Kommunionhelfers ging (der stand ja grade auf der Altarinsel) und den Anruf wegdrückte. Aber der Anrufer war sehr hartnäckig und der nette Mensch in der Bank nicht besonders in Handytechnik bewandert. Und so musste der arme Kommunionhelfer nach dem dritten weggedrückten Anruf zu seinem Handy gehen, um es auszuschalten. Denn es begann bereits wieder zu klingeln. Aber nach dem Vorfall hat mindestens zwei Jahre lang kein Handy mehr während der Messen in dieser Gemeinde geklingelt (soweit ich weiß).

GOTT HAT AUCH DEN HUMOR GESCHAFFEN

Mancher Pfarrer hat uns auch mal erheitert.

Unser damaliger Pfarrer ist eigentlich eine rheinische Frohnatur, aber war eben bei uns gestrandet, wo kaum einer sich trauen würde "richtig" Karneval zu feiern. Im Bezug auf diese Besonderheit unseres Pfarrers, gibt es zwei schöne Situationen, die ich erzählen möchte. Die erste ereignete sich an einem Rosenmontag. Es fand ein Vortrag zum Thema Christliche Musik in der Moderne statt (der Letzte einer hochinteressanten Reihe über christliche Musik in verschiedenen Zeiten). Am Ende des Vortrags ging der Pfarrer kurz an seinen Laptop, dann schallte auch schon lautstark das Karnevalslied: "Ich bin ene Vampir" von "de Höhner" durch den Raum und der Pfarrer schmiss lachend mit Luftschlangen und Konfetti um sich. Es war noch ein netter Abend...   Die zweite ereignete sich am Sonntag vor Rosenmontag ein Jahr später. Unser Pfarrer hatte ein paar Witze vorbereitet und gab drei davon in der Messe zum besten. Einen für jede Zielgruppe sozusagen. Erst der für die theologisch Gebildeteren: *(nach Johannes 8)* Jesus war im Tempel und lehrte. Da brachten die Schriftgelehrten und die Pharisäer eine Frau die beim Ehebruch ergriffen wurde, stellten sie in die Mitte und sagten zu ihm: 'Meister, diese Frau ist auf frischer Tat beim Ehebruch ergriffen worden. Mose hat uns im Gesetz geboten, solche Frauen zu steinigen. Was sagst du?' Das sagten sie aber, um ihn zu versuchen, damit sie etwas hätten, ihn zu verklagen. Aber Jesus bückte sich vor und schrieb mit dem Finger auf die Erde. Als sie ihn nun beharrlich fragten, richtete er sich auf und sprach zu ihnen: 'Wer unter euch ohne Sünde ist, der werfe den ersten Stein.' Und er bückte sich wieder und schrieb auf die Erde.

Plötzlich sauste ein Stein nach vorn und traf die Frau direkt am Kopf. Ohne aufzusehen sprach Jesus: 'Mutter, du nervst!'.

Später dann der für die Kinder: Eine Eisbärmama läuft mit ihrem Kind durch das ewige Eis. Nach einiger Zeit fragt das Eisbärkind: 'Mama, bin ich ein Eisbär?' Die Mutter antwortet: 'Aber ja Kind'. Nach zwei Minuten fragt es erneut: 'Mama, bin ich wirklich ein Eisbär?' Die Mutter antwortet: 'Natürlich Kind'. Zwei Minuten später fragt das Eisbärkind wieder: 'Mama, bist du dir auch ganz sicher, dass ich ein Eisbär bin?' Da dreht sich die Mutter genervt um und sagt: 'Klar bist du ein Eisbär, nerv´ nicht! - Aber warum fragst du überhaupt?' Da sagt das Eisbärkind kleinlaut: 'Mama, mir ist kalt.'

Und zum Schluss brachte er dann noch einen Witz für alle anderen: Ein Einbrecher schleicht nachts durch den Flur eines Einfamilienhauses. Plötzlich hört er eine Stimme: 'Jesus sieht auch dich!' Der Einbrecher macht die Taschenlampe aus und steht starr vor Angst eine Minute da. Dann schleicht er weiter. Wieder hört er eine Stimme: 'Jesus sieht auch dich!' Der Einbrecher leuchtet zitternd mit der Taschenlampe alle Ecken aus und entdeckt... einen Papagei. 'Du hast mich aber erschreckt!' knurrt der Einbrecher. 'Wie heißt du denn?' 'Cora.' antwortet der Papagei. 'Cora ist aber ein scheiß Name für einen Papagei.' - 'Jesus ist ja auch ein scheiß Name für unseren Rottweiler'...

Es war eine lustige Messe, obwohl er selbstverständlich den nötigen Ernst der Messe nicht vergaß.

DER VERSPRECHER

Übrigens kann lautes Denken durchaus Ärger bereiten. Bei der Gräbersegnung gingen nach der Messe bei uns früher zwei Priester über den Friedhof. Einer von unten, einer von oben. Jeden dieser Priester begleiteten drei Ministranten. Einer mit Flambeaux, einer mit Weihwasser und einer mit Vortragekreuz. Letzterer blieb im Mittelgang stehen, damit alle Leute sehen konnten, wo der Pfarrer grade war. Die Ministranten tauschten aber immer durch, damit keiner nur rumstehen musste. Als ich mit dem Vortragekreuz auf dem Hauptweg stand und mich ein wenig umschaute, hörte ich plötzlich ein metallenes Geräusch. Ein Blick nach oben und ich sah: Die Jesusfigur hing schräg, da sie nur noch am linken Arm vom Kreuz baumelte. Am rechten Arm hatte sich nämlich die Schraube gelöst. Ohne Nachzudenken murmelte ich halblaut: „Oh, der Jesus hat ´ne Schraube locker". Aber da ein Friedhof von Natur aus ein recht stiller Ort ist, hörten einige Leute meinen Satz. Ich kann mich nur an eine andere Situation in meinem Leben erinnern, wo mich mehr Senioren böse angestarrt haben. Aber dazu später mehr. Jedenfalls lief ich knallrot an und erklärte mich, während ich das Kreuz schräg legte und den kleinen Jesus wieder zu fixieren versuchte.

Bei der Gelegenheit fiel mir übrigens auf, dass ich Hemmungen habe, Jesus Nägel, Schrauben, oder andere Dinge durch die Hände zu stecken (auch wenn es sich in diesem Fall natürlich nur um eine Figur handelte). Aber wenigstens haben mir die Leute nach der Erklärung verziehen.

PEINLICHER LEKTORENDIENST

Jahre später sprach ich als Stimme aus dem Off einige Sätze bei einem nächtlichen Jugendgottesdienst. Am folgenden Sonntag sprach mich die Gemeindereferentin an, ich könne Lektorin werden. Ich willigte ein und nach einiger Übung durfte ich den Lektorendienst versehen. Ich war mega nervös (auch wegen meiner Lese- Rechtschreibschwäche). Aber bis auf ein paar Kleinigkeiten ging alles gut. Beim zweiten Mal aber, musste ich in einer Frühmesse (die bei uns besonders viel von Senioren besucht wird) bei den Verlautbarungen vorlesen, dass die Seniorengruppe einen Ausflug ins Sackmuseum Nieheim unternehmen werde. Viele böse Blicke waren auf mich gerichtet und noch einige mehr, als plötzlich irgendjemand kichernd sagte: „Jaja, die alten Säcke ins Sackmuseum schicken. Hihihihi". Dabei konnte ich doch nichts dafür, aber ich wurde rot und das verstanden wohl ein paar Leute falsch....

Und wiederum ein anderes Mal habe ich mich tatsächlich versprochen. An dem Abend hatte ich einen Artikel über Hochbeete für Kräutergärten gelesen. Als ich danach zur Vorabendmesse kam, war kein Lektor da. Ich wurde gebeten einzuspringen und tat es auch. Allerdings war ich ziemlich nervös und als ich *Daniel 7, 13* vorlas, passierte es: Meine innere Autokorrektur schlug zu. Statt „Er gelangte zum Hochbetagten" las ich leider „Er gelangte zum Hochbeetgarten". Irgendwie merkte ich das erst einen Satz später und verbesserte mich noch mit hoch rotem Kopf. Und es war mir ja auch niemand böse. Aber ein wenig peinlich ist es mir bis heute.

STURHEIT UND LIEBE ZUM BERUF

Aber es gab auch Situationen, wo wir uns Sorgen machen mussten um den Zelebranten. So auch in einem heißen Sommer, als der Pfarrer in Rente, der die Messe hielt, plötzlich blass wurde, als er am Ambo stand und sich daran festkrallte. Ich stupste den großen Jungen an, mit dem ich den Akolythendienst versah und wir sprangen auf. Wir gingen – so als sei dies ein normaler Ministrantendienst – zum Ambo, nahmen jeder einen Arm vom Pfarrer und stützten ihn zum Priestersitz. Dann ging ich in die Sakristei und holte Wasser und Traubenzucker. Der Pfarrer war wild entschlossen die Messe weiterzufeiern und ließ sich nur mit Mühe und Not überreden, erst einmal vom Priestersitz aus die Messe fortzuführen (wir sagten ihm, es könne sich sonst niemand auf das Gebet konzentrieren, weil alle Angst um ihn hätten und das überzeugte ihn dann schließlich). Später erklärte er mir, er sei die Sorte Pfarrer, die eines Tages am Altar tot umfallen würde. Naja, aber er hat immer nur das beste für seine Gemeinde gewollt. Und er war ein mega netter, empathischer und wirklich kluger Mensch, den ich sehr bewunderte.

DER BETRUNKENE

Während ich wegen eines Praktikums in einer anderen Stadt war, diente ich in der dortigen Gemeinde. Und eines Sonntags passierte dort etwas, dass noch lange für Gesprächsstoff sorgte.

Eigentlich sind wir alle gleich vor Gott; Seine geliebten Kinder. Aber wenn man auch - grade in der Kirche - alle Menschen als Geschöpfe Gottes so respektiert wie sie sind (oder es zumindest versucht), stellen manche Menschen einen doch auf die Probe. So auch ein schlanker Mann mittleren Alters, der durch langjährigen Alkoholgenuss und Obdachlosigkeit gezeichnet, eines Tages während der zweiten Lesung in die Kirche wankte - sein Hab und Gut in einer, mit Ikeataschen geflickten Sporttasche hinter sich her schleifend - und ganz vorne Platz nahm, wobei er die Tasche vor sich an den Rand der Altarinsel schmiss. (Sein Aussehen und seine Obdachlosigkeit sind natürlich für niemanden ein Problem gewesen, es ist nur eben ein Fakt. Hätte er einen nagelneuen Armani-Dreiteiler angehabt und in einer Villa gelebt, hätten wir ihn nicht anders behandelt.) Zwischendurch fragte er laut eine Frau hinter sich, ob sie ihm Schokolade geben könne, da alle "Weiber" doch immer was dabei hätten, als Medizin gegen ihre "Hysterie". Auch dass er sich beschwerte, dass die "Spießer hier" ihm nicht erlaubten in der Kirche Bier zu trinken, wenn der Pfarrer doch Wein kriegt, war eher nervig (wenn auch eine interessante Argumentation). Aber als er dann dem Mann neben sich laut lallend erklärte: „Der da vorn in seinem Kleidchen sieht auch wie einer aus, der sich morgens den Kaffee mit dem *** umrührt, Alter", wurde es doch einigen (gerade Eltern mit Kindern) zu viel. Die Gemeinde, in der das passierte, hatte damals aber einen klasse Pfarrer. Der ging nach vorn zu dem

Mann und sagte: „Dir ist langweilig, oder? Komm, ich gebe dir Brot, Wurst, Käse und etwas Geld. Und wenn du Sie brauchst, hab ich noch eine Decke für dich." (Obdachlose brauchen Lebensmittel, die sich ohne Kühlung lange halten und mögen oft Herzhaftes. Außerdem hatte der Mann schon öfter beim Pfarrer gebettelt, darum wusste er, was der Mann brauchen kann). Dann ging der Pfarrer nach draußen und der Betrunkene trottete, leise vor sich hin brabbelnd und seine Tasche über den Boden schleifend, hinterher. Circa fünf Minuten später kam der Pfarrer alleine wieder. Wir haben in der Zwischenzeit ein Lied gesungen. Danach verlief die Messe ruhig. Solche Seelsorger wie diesen Pfarrer braucht man häufiger, finde ich....

DIE TORWARTIN

An einem Sommersonntag war ich als Akolyth in der Messe
eingeteilt und hatte Glocke 2. Beim Schellen zur Wandlung
brach ein Klöppel beim letzten Läuten aus meiner Schelle
und schlitterte quer über die - in unserer Kirche runden -
Altarinsel auf meine Partnerin zu. Diese war damals in ihrer
Fußballmannschaft Torwartin und reagierte
dementsprechend mit einer passenden Bewegung.

Sie fing den Klöppel tatsächlich, was ich erstaunlich fand, da
der Klöppel ja nun mal nicht viel größer als ein Kirschkern
mit Draht dran war. Der Pfarrer der die Messe hielt, bekam
dies aus dem Augenwinkel mit und musste sich sehr
zusammenreißen nicht laut loszulachen. Aber ein Grinsen
und Husten konnte er sich nicht verkneifen... (finde ich
sympathisch, weil doch sehr menschlich). Auch wir
Ministranten und einige Gemeindemitglieder kicherten. Und
in der Sakristei nach der Messe hatten wir alle noch viel zu
lachen.

„WAS ERBITTEN SIE FÜR IHR KIND?"

Taufen bieten auch viele nette Situationen, die einem ein lächeln, oder Herzklopfen bescheren können. Und das nicht nur, weil viele Babys einfach niedlich sind. Auch die absolute Planlosigkeit der Eltern kann lustig sein. Es gibt ja Vorgespräche, also wissen Eltern, was auf sie zu kommt. Aber man kann sich ja nicht alles merken und wenn man nicht oft in die Kirche geht, ist so etwas ja Neuland. So standen wir - Eltern mit Baby, Familie und Freunde, Pfarrer und Ministranten - am Hauptportal der Kirche (wo unsere Taufen immer beginnen). Der Pfarrer sprach und irgendwann kommt ja die Frage: „Welchen Namen haben Sie ihrem Kind gegeben?" Antwort der Eltern: „Lea-Sophie".

„Und was erbitten Sie von der Kirche für Lea-Sophie?" Die normale Antwort wäre jetzt „Die Taufe", aber das war den Eltern entfallen und so fingen Sie an, aufzuzählen: „Dass unsere Tochter immer in die Kirche darf, wenn sie will, nett behandelt wird, später zur Kommunion darf, zur Beichte darf, ihr jemand Fragen zu Gott beantwortet, dass Sie auf Freizeiten mit darf und was zu Nikolaus und Weihnachten bekommt..." Irgendwann half der Pfarrer freundlich nach: „Und ich nehme an, hier und heute erbitten Sie die Taufe ihrer Tochter?" Die Eltern schauten sich kurz an wie kaputte Autos, dann zuckte die Mutter mit den Achseln und sagte: „Joa?" Als wir wenig später in Richtung des Altares gingen, hörte ich eine ältere Dame halblaut zu ihrem Mann knurren: „Wenn der Pfarrer nicht geholfen hätte, hätten sie am Ende wohl noch um eine Spielekonsole für die Kleine gebeten."

DIE LIEBEN KINDER

Bei einer anderen Taufe (in einer anderen Kirche) waren sich Kind und Vater unerwartet einig; Während das Kind nach dem Taufen abgetrocknet wurde, übergab es sich plötzlich in hohem Bogen, halb auf die entsetzte Mutti, halb in das Taufbecken, was der Vater wohl so ekelig fand, dass er sich kurzerhand ebenfalls ins Taufbecken übergab...

Ein anderes mal (wieder in einer anderen Kirche) waren bei einer Taufe eine Menge Kinder unter 6 Jahren anwesend, denen natürlich auch mal langweilig wurde, obwohl der Pfarrer sie immer wieder toll mit einbezog. Dennoch passierte zwischenzeitlich folgendes: Eines der Kinder stieg auf den Priestersitz, ein anderes versteckte sich hinterm Tabernakel, wieder ein anderes fing an, die Blumentöpfe auszuleeren, das Nächste räumte die Gesangbücher aus den Regalen auf den Boden und ein anderes kramte in jeder Handtasche, die es finden konnte und fing schließlich an, einen Lippenpflegestift zu verspeisen (Gott sei dank von Weleda, der besteht hauptsächlich aus Bienenwachs und essbaren Ölen). Die drei jungen Damen, die zum Aufpassen abkommandiert waren, hatten alle Hände voll zu tun. Während sie versuchten, die Rasselbande zu besänftigen, die sich sehr über den Hall in der Kirche freute und darum besonders viele laute Geräusche zu machen versuchte, krabbelte das Kind, dass auf dem Priestersitz gesessen hatte vom Priestersitz runter und lief nun (etwas unbeholfen) auf die, unter dem Kreuz stehende, runde Metallschale mit den Opferlichtern zu. Da ich sah, dass gerade kein Erwachsener daneben stand, lief ich hin und konnte das Kind gerade noch so auffangen, da es sonst vornüber in die Opferlichter gefallen wäre. Polyesterkleidchen + Feuer = brennendes Kind, also Schutzengel gehabt. Bis auf eine erschrockene

Vierjährige und ein kleines Brandloch im Ärmel des Kleidchens, ist alles gutgegangen.

DAS BESONDERE BABY

Manchmal passieren Dinge, die einem hinterher kaum jemand glaubt. So auch diese:

Einmal wurde bei uns ein Kind getauft, dass sich so benommen hat, dass man - wenn das eine Filmszene wäre - wohl gesagt hätte: „Das ist mega unrealistisch! Dafür hat die katholische Kirche als Werbung bestimmt Geld bezahlt." Denn: so ein Baby weiß ja nicht was da passiert, aber dieses Baby war lautstark am weinen, als es durch das Hauptportal in die Kirche getragen wurde. Es hörte aber schlagartig damit auf und wurde ruhig, als der Pfarrer ihm ein Kreuzzeichen auf die Stirn zeichnete und es in der Gemeinde willkommen hieß. Es fing sogar an zu lachen, als der Pfarrer es taufte. Und als der Pfarrer den Effata-Segen (Übersetzt: "Öffne dich", mit dem Segensspruch heilte Jesus einen Taubstummen) machte, fing es vor Freude an zu quietschen und zu klatschen. Als ihm schließlich das Taufkerzenlicht gezeigt wurde, schaute es immer wieder abwechselnd auf die Kerze und das durch die Kirchenfenster scheinende Sonnenlicht. Hinterher sprachen der Pfarrer, die Küsterin und ich noch darüber. Der Pfarrer sagte, er finde es immer wieder Faszinierend, dass so kleine Kinder teilweise schon zwischen Kerzenlicht, Deckenlicht und Sonnenlicht unterscheiden. Und wir alle drei waren fasziniert von diesem Kind und seinen Reaktionen.

WIE GUT EINE UMARMUNG TUN KANN

Dann war ich mal mit anderen Ministranten zusammen in einer anderen Stadt zur Wallfahrt. Als wir eine Messe feiern wollten, meldeten sich zwölf Ministranten aus verschiedenen Gemeinden zum Dienst, darunter auch ein netter Junge mit Trisomie 21 (Theodor) und ich. Wir Minis dienten in der Konstellation: zwei Akolythen, zwei Weihrauch und acht Ceroferare.

Da nur zwei von uns Mädchen waren, beschlossen wir als Paar zu dienen. Zum Sanctus kamen wir acht Ceroferare also mit Flambeaux aus der Sakristei heraus und sollten uns, vier links und vier rechts an die Altarinsel knien. Aber nur wir Mädchen, die als erstes gingen, teilten uns auf. Hinter mir ging dann auch Theodor nach links, aber die anderen Jungs gingen alle nach rechts. Als wir nun nur zu zweit links knieten und rechts die anderen Jungs und meine Partnerin sich eng zusammen quetschten, um nicht von der Altarstufe zu purzeln, fing Theodor neben mir bitterlich zu weinen an. Mir war schon klar warum und auch meiner Partnerin war das klar. Ich pustete mein Flambeaux aus und nahm ihn fest in den Arm. Er kuschelte sich schluchzend an mich und meine Partnerin strich ihm lieb über den Kopf. Sie war nämlich aufgestanden, hatte sich verneigt und vor der Altarinsel eine Kniebeuge gemacht, dann war sie zu uns gekommen, um ihn ebenfalls zu trösten. Die beiden Priester hatten erst etwas irritiert und ratlos zu uns herüber gesehen, aber als sie sahen, dass wir uns kümmerten und sich Theodor langsam beruhigte, machten sie weiter. Die Messe wurde zu Ende gefeiert und in der Sakristei fragte einer der Pfarrer besorgt, was denn los war. Als Theodor nicht mit der Sprache rausrückte, sagte meine Partnerin, der Pfarrer solle doch mal die anderen Jungs fragen, warum sie sich alle nach rechts gequetscht haben und vorher in der Sakristei schon gestritten haben, wer nach links muss. Da dämmerte es dem Pfarrer. Er sagte zu den Jungs nur: „Wie kann man so gemein zu jemandem sein, dass er weint und dann noch so grinsen?" Denn die Jungs standen bis zu dem Zeitpunkt dämlich grinsend in der Ecke. Dann drehte sich der Pfarrer um, kramte in seiner Tasche und holte einen schön geschnitzten, hellen Holzrosenkranz heraus. Danach nahm er Theodor beseite, hockte sich vor ihn, um auf seiner Augenhöhe zu sein und gab ihm den Rosenkranz in die Hand. „Lass dich niemals von der Ignoranz der Menschen traurig machen, denn du bist toll, so wie du bist. Und der liebe Gott hat dich so geschaffen. Er liebt dich und findet dich einzigartig gut! - Damit du das nie mehr vergisst, schenke ich dir diesen Rosenkranz." Dann wuschelte er dem (jetzt vor Freude strahlenden) Theodor durch das Haar und wünschte allen noch eine schöne Wallfahrt. Die anderen Jungs guckten ziemlich bedröppelt, als wir die Sakristei verließen.

BOBBY

Lustig war jedoch der vierbeinige Obermessdiener in Ostfriesland. Der Pfarrer einer kleinen Gemeinde, die beinahe jeden Sonntag mehr Touristen als einheimische Gläubige willkommen heißt, hatte einen Schäferhund namens Bobby. Dieser war sehr brav und blieb auch durchaus mal allein, wenn sein Herrchen zum Beispiel einkaufen musste. Aber zu den Messzeiten war er nicht zu halten, wenn er nicht mit in die Kirche durfte. Darum nahm ihn der Pfarrer mit. Als ich das erste Mal in der Gemeinde diente, lief das so: Zu Messbeginn zogen erst die Ministranten ein, dann der Hund und dann der Priester. Vor der Altarinsel blieben alle stehen und während Ministranten und Priester eine Kniebeuge machten, verneigte sich der Hund (ehrlich, ich hab genau hingeschaut). Dann gingen Ministranten und Priester auf ihre Plätze und Bobby lief hinter den Altar und legte sich dort hin. Dort blieb er die gesamte Messe und am Ende stellte er sich wieder mit vor die Altarinsel, verneigte sich und zog mit dem Priester gemeinsam zum Haupteingang aus. Dort saß er dann neben dem Priester und verabschiedete sich von den Leuten. Bedeutet: Er gab den Leuten Pfötchen, Herrchen gab den Leuten die Hand.

Ein anderes Mal lief alles fast genau so ab - aber mit einem Unterschied. Der Priester hielt schon seit einigen Minuten die Predigt, als man plötzlich ein Schnarchen hörte. Der Priester sah sich um und sagte dann: „Oh, mein Hund ist einge-schlafen, also war die Predigt zu lang. Dann beende ich an dieser Stelle." Ein lautes Kichern durchzog die Gemeinde.

Wieder ein anderes Mal, (es war gerade die Gemeinde-kommunion) erhob sich Bobby (ganz entgegen seiner Gewohnheit) von seinem Platz und schlich ganz nach hinten zu einer Frau, die leise weinte. Er setzte sich neben sie, stupste sie ganz sanft an und blieb dann ruhig neben ihr sitzen. Sie fing an ihn zu kraulen und beruhigte sich etwas. Er blieb noch einige Minuten bei ihr, bis sie sich ganz beruhigt hatte. Dann ging er wieder nach vorn und machte weiter wie gewohnt. Aber als die Frau beim Rausgehen an ihm vorbei ging, stupste er sie nochmal an und wedelte mit der Rute. Da lächelte sie und das mindestens bis nach dem Kirchenkaffee (Wir saßen am gleichen Tisch, darum weiß ich das so genau).

DIE FLAMBEAUXGLÄSER

Übrigens können Flambeaux auch auf andere Weise zur Gefahr werden. In einer Gemeinde in der ich diente, waren wir in der Vorabendmesse zu viert: Zwei Ceroferare und zwei Akolythen. Wir Ceroferare kamen pünktlich zum Sanctus aus der Sakristei und hielten die Flambeaux besonders gerade, da wir sie nicht mit Ruß oder Wachs beschmutzen wollten, sie waren nämlich Funkelnagelneu. Aber bereits nach kurzer Zeit hörte ich ein komisches Knirschen. Und dann noch eins und noch eins und dann sagte es plötzlich "knack" und ein kleiner Riss war auf meinem Flambeauxglas zu sehen, der langsam größer wurde. Mir dämmerte, dass das nicht gut sein kann. Kurzerhand pustete ich mein Flambeaux aus, verneigte mich, ging auf den anderen Ceroferar zu und nahm meinem verdutzten Partner sein Flambeaux einfach weg. Dann pustete ich es aus und lief geradewegs in die Sakristei. Dort stellte ich die beiden Flambeaux in den Flambeauxschrank und schloss die Tür. Kaum war die Tür geschlossen hörte ich ein so lautes Klirren, dass man es zweifelsohne auch in der Kirche gehört hatte. Dann kam auch schon die Küsterin herein gerannt, in der Erwartung, auf dem Boden Scherben zu finden. Ich erklärte ihr was passiert war und nach anfänglicher Skepsis glaubte sie mir. Die Gemeinde fragte beim Hersteller an und es stellte sich heraus, dass es ein Brennfehler war. Alle sechs neu bestellten Flameauxgläser mussten umgetauscht werden. Ich war bloß froh, dass klar war, dass es nicht meine Schuld war und dass niemandem was passiert ist.

MINISTRANTEN STEHEN ZUSAMMEN

In einer Christmette (die bei uns immer um 23 Uhr gefeiert wurde) waren wir wie üblich elf Ministranten: ein Kreuzträger, zwei Weihrauch, zwei Akolythen, zwei Helfer und vier Ceroferare. Die Helfer, die Ceroferare und der Kreuzträger haben während des Hochgebetes und der Kommunion Flambeauxs in der Hand und stehen um die Altarinsel herum. Je einer links und rechts vorne und hinten und die anderen drei ganz hinten vor dem Tabernakel. Zur Gemeindekommunion rückten aber alle hinteren Ceroferare zusammen vor den Tabernakel. So standen wir also zu fünft hinten an der Altarinsel, vor dem Tabernakel. Da wurde dem Mädchen links neben mir schlecht, sie wollte aber nicht rausgehen. Ich wollte Sie trotzdem raus begleiten, gab dem Jungen rechts von mir darum mein Flambeaux und nahm selbst ihres. Der Junge links von dem Mädchen hatte quasi die gleiche Idee und wir ergriffen gleichzeitig ihren Arm. Ich den rechten Arm, er den linken. In dem Moment wurde sie bewusstlos, fiel aber nicht um, da wir sie ja festhielten. Während wir noch überlegten, was wir jetzt tun sollten, wachte sie wieder auf und ich ging mit ihr raus, als wäre nichts gewesen. Darum nehme ich Ceroferaren, denen schlecht oder schwindelig ist, immer zuerst ihre Flambeaux weg. Sollten sie umfallen, wären Flambeaux nämlich eine riesige Gefahr (da Flambeaux ja aus Glas und Metall bestehen).

DER NACHTFALTER

An einem Spätsommerabend hielten wir eine Andacht. In unserer Kirche gibt es eine Kuppel, die wie eine Laterne gestaltet ist und oft abends von innen heraus beleuchtet wird. Das sieht meiner Meinung nach sehr schön aus. Wir waren zu fünft. Vier Ministranten und eine nette Dame, die die Andacht leitete.

Beim ersten Lied kam ein Nachzügler in die Kirche und mit ihm flog ein großer, grau-brauner Nachtfalter hinein. Dieser Nachtfalter flatterte nun Richtung Altar und wir Ministranten schauten ihm ein Weilchen zu. Nach einigen Runden um den Altar flog er schließlich dem hellen Licht der Kuppel entgegen. Wir Minis widmeten uns wieder der Andacht und die verlief ganz normal, bis zur Stille nach der Kurzpredigt. Wir saßen friedlich auf unseren Plätzen, als plötzlich etwas mit einem klatschenden Geräusch kurz vor uns auf dem Boden aufprallte. Es war der Nachtfalter... - nur ohne Kopf; Ansonsten aber vollständig. Neben mir quietschten zwei der Anderen auf und meine Partnerin packte mich am Arm. Nach kurzem Starren flüsterte das Mädchen ganz links: „Wir haben drei Möglichkeiten: 1. Aufheben und wegwerfen, 2. unter die Bank kicken, 3. liegen lassen...". Darauf meinte eine andere: „Aber wenn wir ihn liegen lassen, wird er vielleicht zermatscht und das ist noch ekliger als jetzt". Mit weit aufgerissenen Augen sagte meine Partnerin: „Und wenn wir ihn unter die Bank kicken, kommt ihn vielleicht die Spinne, die ihn gekillt hat, holen. Aber dann bin ich weg!" Sie schüttelte sich und der Ekel stand ihr ins Gesicht geschrieben. Ich nahm wortlos die Dochte von der Patene, die hinter uns auf der Bank lag, schubste den Falter darauf und brachte ihn raus. (Ich ekele mich nicht vor toten Insekten, aber die Falter

stauben ziemlich und ich wollte den Staub weder auf der
Hand noch auf der Kleidung haben.)

MAMI UND PAPI

In einer Messe der dritten Sommerferienwoche diente mal ein
kleiner Junge, der neu Ministrant war und erst zehnmal
gedient hatte. Dieses mal war er Ceroferar und weil sie sehr
spät kamen, saßen seine Eltern nicht wie sonst vorne,
sondern hinten, da vorne schon alle Plätze besetzt waren.

Als wir einzogen, sah er sich schon etwas unglücklich um,
aber als er seine Eltern entdeckte war er gleich beruhigt.
Dann ging erst mal alles seinen gewohnten Gang, bis zum
Friedensgruß. Kaum hatte der Pfarrer den Satz: „Gebt
einander ein Zeichen des Friedens" gesagt, lief der Kleine
auch schon los; geradewegs nach hinten zu seinen Eltern mit
seinem Flambeaux. Und er kam und kam nicht wieder. (Für
alle Menschen, die nicht wissen, warum wir mit den
Flambeaux vorne stehen sei erwähnt, dass die Ceroferare mit
den Flambeaux immer in der Nähe des Altares bleiben, um
damit zu zeigen, dass das Wichtigste dort am Altar
geschieht...). Irgendwann machte der Pfarrer dann
schließlich weiter und kurz danach kam dann auch der
Kleine wieder. Erst hatte er Mami und Papi geknuddelt, dann
hatte er jedem die Hand gegeben und schließlich war ihm
aufgefallen, dass sein Flambeaux ausgegangen war. Dann
bettelte er Papi um Feuer an, da dieser Raucher war. Papi
und die Küsterin halfen ihm beim anzünden des Flambeaux,
dann schickte ihn die Küsterin schließlich wieder nach vorne.

Als die Ceroferare später die Flambeaux wieder heraus
brachten, lief der Kleine auch noch winkend hinaus ,um seine
Eltern zu grüßen. Nach der Messe stand die Mutter in der

Sakristei und entschuldigte sich beim Pfarrer. Der Kleine klammere so, da er in der ersten Ferienwoche das erste Mal in einem Ferienlager war. Nach einer Woche Tag und Nacht weg von zu Hause war er doch sehr anhänglich. Der grinsende Pfarrer hatte dafür vollstes Verständnis. (Und wer hätte das nicht)

KEINE MÄDCHEN AM ALTAR

Ich war erst ein paar Jahre Ministrantin, da diente ich an einem Sonntag in einer Gemeinde, wo ein Priester in Rente als Vertretung für den dortigen Pfarrer die Messe hielt. Wir vier Ministranten warteten bereits umgezogen in der Sakristei, als der Pfarrer hereinkam. Er grüßte erst den Küster und die Jungs, dann begann er sich umzuziehen. Dabei erklärte er uns, dass er Mädchen als Ministranten ablehne und nur Jungs gute Ministranten sein könnten. Dann sagte er, dass er als Akolythen ausschließlich Jungen akzeptiere.

Wir Mädchen waren zwar genervt darüber, dass er uns nicht gegrüßt hatte und uns nun seine Geringschätzung deutlich machte, aber wir sagten nichts dazu. Während der Messe machten wir unseren Dienst so wie immer. Wir waren zwei Mädchen und zwei Jungs. Die beiden Jungs, die ja nun Akolythen sein mussten, hatten dauernd Schwierigkeiten. Darum halfen wir Mädchen immer wieder aus. Zwei Wochen später kam der gleiche Pfarrer wieder und diesmal waren wir zwei Mädchen und vier Jungs. Wieder grüßte er nur die Jungs und hielt seinen Vortrag über Mädchen im Ministrantendienst. Die Jungs, die in der Messe dienten, waren nicht gerade die Vorzeigeministranten der Gemeinde. Sie alberten herum und machten einigen Unsinn. Wir beiden Mädchen halfen wo wir konnten, dass der Dienst dennoch klappte. Nach der Messe meinte der Pfarrer, wir Mädchen hätten die Jungs abgelenkt und so das Chaos verursacht. Eine Woche später kam er wieder; Dieses mal waren wir drei Mädchen und drei Jungs. Als der Pfarrer wieder nur die Jungs grüßte, reichte es uns Mädchen. Die Älteste sagte ihm: „Bei allem Respekt Herr Pfarrer, aber wenn Sie uns wieder nicht grüßen, über Mädchen im Ministrantendienst schimpfen und wenn sie uns weiterhin anders behandeln als die Jungs, drehen wir uns auf der Stelle um, ziehen uns um und gehen. Dann können Sie von nun an immer mit ihren Goldjungs allein die Messe halten." Ich weiß, das war frech, aber als Jugendsünde zu verbuchen denke ich. Es war ja nicht böse gemeint. Der Pfarrer starrte uns einen Moment entgeistert an, dann reichte er der ältesten die Hand und sagte: „Guten Tag".

In der Messe gaben wir uns besonders viel Mühe, es dem Pfarrer recht zu machen. Schließlich war er ein alter Mann und der Sprung über seinen Schatten muss ihm sehr schwer gefallen sein. Wir rechneten es ihm auf jeden Fall hoch an. Ab diesem Tag, bis zu seinem Tode, war er auf jeden Fall sehr nett zu uns und wir natürlich auch zu ihm. (Übrigens hat die Gemeinde auch sehr gute Jungs als Ministranten. Aber damals hatte er eben einfach Pech, nicht auf die Vorzeigejungs zu treffen, sondern die Chaoten.)

SINGEN AUF HOCHZEITEN

Einmal besuchte ich Verwandte in den Sommerferien und wie üblich diente ich am Sonntag in der dortigen Kirche. Nach der Messe gab es Kirchenkaffee. Dabei kam ich mit ein paar Leuten ins Gespräch. Eine junge Frau sprach mich schließlich an. Sie heirate am kommenden Samstag und habe auf Grund der Ferien leider nur eine Ministrantin für die Hochzeit. Ihr sei es aber wichtig zwei Ministranten zu haben. Darum frage Sie, ob ich vielleicht Lust hätte ebenfalls zu dienen.

Natürlich hatte ich Lust und freute mich sehr. Am Tag der Hochzeit kam ich etwas früher zur Kirche, denn ich kannte ja die Gepflogenheiten des dortigen Priesters bei Trauungen nicht so gut. Die andere Ministrantin kam, der Organist und auch der Priester. Wir gingen den Ablauf durch und der Organist spielte noch einmal das "Hallelujah" von Leonard Cohen und das Ave Maria von Schubert durch, da er die Solistin bei diesen Liedern begleiten sollte. Schließlich kam der Bräutigam mit den Trauzeugen. Dann kamen auch die Gäste und die Braut. Von der Sängerin fehlte aber jede Spur. Die Braut ging ungeduldig im Kirchhof hin und her. Sie wollte noch warten, bis die Sängerin käme. Ihre Mutter erklärte dem Priester, ihre Tochter sei schon immer Perfektionistin gewesen und seit ihrer Krebserkrankung vor zwei Jahren habe sie akribisch ihre Hochzeit geplant. Und die Musik sei ihr dabei sehr wichtig. Circa fünf Minuten nach geplantem Hochzeitsbeginn erreichte die Braut die Sängerin telefonisch. Diese lag mit Fieber im Bett und hatte den Termin total vergessen. Die Braut war völlig fertig und fing zu weinen an. Da bot ich kurzerhand an zu singen, da ich bereits auf zwei Hochzeiten gesungen hatte (eine davon sogar in dieser Gemeinde). Da ich außerdem einige

Erfahrung mit diesen Liedern hatte und die Sängerin singen sollte, während die Ministranten nichts zu tun hatten, war das kein großes Ding für mich. Der Priester redete der Braut gut zu, sie solle das Angebot doch annehmen und sie sagte ja. Ich flitzte zum Organisten, wir sprachen uns kurz ab und ich flitzte zurück. Die Trauung begann dadurch zwar um 15:15 Uhr statt 15:00 Uhr, aber das war nicht so schlimm. Die Trauung war schön und das Singen klappte super. Das lag aber nicht zuletzt am Organisten, der sehr gut und flexibel war (ich musste die Lieder nämlich etwas höher singen, als es die Sängerin getan hätte). Nach der Trauung luden die Brautleute uns und den Priester zum Buffet im Gemeindehaus ein und wir nahmen das Angebot an. Später gab es auch Karaoke und wir sollten alle drei mitmachen. Der Priester sang einen Robbie Williams Song (bis heute finde ich klasse, das er überhaupt mitmachte), die andere Messdienerin sang ein Lied von Corinne Bailey Rae und ich ein Lied von Maria Mena. Das hat Spaß gemacht.

Die Brautleute steckten uns übrigens deutlich mehr zu, als wir je fürs Dienen zu Trauungen oder Taufen bekommen hatten. Zusammen 90€. Wir Messdiener erwarten eigentlich gar kein Geld, auch wenn wir uns schon sehr freuen, wenn wir nach Trauungen oder Taufen mal ein kleines Taschengeld zugesteckt bekommen. Aber das ist natürlich kein muss. Wir machen das schließlich für Gott und die Menschen, nicht fürs Geld. Darum beschlossen wir auch, je 5 € zu behalten und den Rest in den Freitagsopferstock zu tun.

Seither singe ich auch immer mal wieder auf Hochzeiten...

GUTE REFLEXE

An einem Pfingstsonntag diente ich als Navikular in einer schönen Kirche. Da kein Diakon da war, durften mein Thuriferar - ein sehr lieber Junge, etwa 2 Jahre älter als ich - und ich natürlich viel selbst machen, was uns sehr freute (wenn der Diakon da ist, macht er die meisten Sachen und die Weihrauchmessdiener haben weniger zu tun). Als wir die Priesterinzens machten ließ mein Partner aber versehentlich das Fass offen und holte etwas zu stark Schwung. Der Priester duckte sich gerade noch rechtzeitig nach hinten weg, um nicht das Fass ins Gesicht zu bekommen, als auch schon eine glühende Kohle über ihn hinweg flog. Gott sei Dank hatte der Priester gute Reflexe. Das Schöne war, dass er nicht mal sauer war. Er flüsterte nur grinsend: „Die sammelt ihr aber bitte gleich wieder auf!" Das taten wir nach der Gemeindeinzens auch - Alle fünf Teile (die Kohle war natürlich kaputtgegangen). Nach der Messe, in der Sakristei, sagte der Priester dann noch lächelnd, dass so etwas jedem mal passieren kann, ich aber dennoch mit meinem Partner lieber ein wenig den Umgang mit dem Fass üben sollte, da ich den Umgang mit schwereren Weihrauchfässern gewohnt war. Aber danach war das Thema für Ihn gegessen.

PFARRER SEIN DAGEGEN SEHR

An einem Sonntag im Frühsommer war ich vor der Kirche in der ich an dem Tag diente auf der Suche nach einem Ersatz-ministranten für eine erkrankte Ministrantin, die ihren Dienst nicht wahrnehmen konnte.

Ein Mann aus der Gemeinde (er war Mitglied des Pfarr-gemeinderates) kam auf mich zu und stellte mir den Mann vor, der neben ihm stand. Er sagte, dieser Mann sei der Pfarrer einer Gemeinde in Afrika, die eine Partnerschaft mit einer örtlichen Schule pflege. Der Mann aus der Gemeinde schlug vor, dass der Besucher in der Messe konzelebrieren könne. Der Besucher meinte, er könne dafür nicht genug Deutsch. Aber der Mann aus der Gemeinde erklärte ihm, dass die Gemeinde achtsprachige Bücher mit der Messordnung habe. Er könne alles auf Englisch mit beten oder in seiner Muttersprache. Wir gingen in die Sakristei und der Mann aus der Gemeinde erklärte dem Pfarrer den Sachverhalt. Der Pfarrer fand die Idee gut und suchte dem "Kollegen" das Buch heraus, während die Küsterin ihm eine Albe und einen Talar heraussuchte. Wir Ministranten gingen raus, um uns abzusprechen. Als wir wieder kamen, stand der Besucher fertig umgezogen mit dem Pfarrer in der Sakristei und uns wurden die Ablaufänderungen der kommenden Messe erklärt. Die Messe verlief ganz gut, nur der Besucher benahm sich etwas komisch. Er stand da wie bestellt und nicht abgeholt und sprach kein Wort mit. Der Pfarrer bemerkte das natürlich auch und versuchte es dem "schüchternen Kollegen" so einfach wie möglich zu machen. Er schlug ihm sogar mehrfach die passende Stelle im Buch auf. Aber diese Bemühungen blieben weitgehend vergeblich. Beim Vaterunser sagte der Pfarrer zur Gemeinde, dass der "Kollege" das Vater unser in seiner Muttersprache, oder auf

Englisch sprechen werde, da er kaum Deutsch spreche. Jedoch stand der Besucher nur da und schaute verlegen. Nach der Messe war der Pfarrer etwas wortkarg (zumindest der Meinung aller Ministranten nach). Schüler/innen der Schule mit der Partnerschaft erzählten mir später, der Besucher sei wohl doch kein Priester gewesen. Man hätte ihm einfach die Reise nach Europa gegönnt und er habe sich nicht getraut, das vor der Messe aufzuklären...

HANDWASCHUNG

Einmal waren wir zu sechst und ich war Ceroferar. Als wir bei der Gabenbereitung waren, verwechselte einer der Akolythen Wasser und Wein bei der Handwaschung. Das bemerkte er aber erst, als er dem Pfarrer bereits den Likörwein über die Hände goss. Dieser hatte nun klebrige Hände und der knallrot gewordene Ministrant eilte los um das Wasser zu holen. Zum Glück reichte es, um dem Pfarrer die Hände wieder sauber zu waschen. So ging die Messe wie gewohnt weiter. Ich sah das ganze nur durch Zufall von hinten, da ich währenddessen mit der Kollekte beschäftigt war. Nach dem Vorfall kaufte der Pfarrer ein separates Glaskännchen für die Handwaschung und es wird in der Gemeinde seither benutzt.

DIE SPINNE

Unsere Gemeinde war immer sehr lebendig. Und dazu kommt, dass wir lange Jahre das Privileg hatten, einen "eigenen" Pfarrer zu haben, der sich auch noch sehr engagierte.

Wir hatten viele Gebetsangebote, so auch (neben den drei Messen an den Wochenenden) eine Dienstagsvesper und eine Mittwochsmesse. Es gab auch noch mehr Angebote, aber nur bei diesen fünf Gelegenheiten setzten wir Ministranten ein (und bei den Sonntagsvespern zu Feiertagen, in der Fastenzeit und im Marienmonat). An einem Mittwochabend hatte ich Dienst mit drei Jungen, die etwas älter waren als ich. Ich war Ceroferar. Als das Evangelium an der Reihe war, gingen wir zum Altar. Wir nahmen unsere Flambeaux und gingen mit dem Pfarrer zum Ambo. Als wir am Ambo ankamen und der Pfarrer das Evangeliar aufschlug, sah ich etwas schwarzes aus dem Buch herausschauen. Aber so schnell wie ich es gesehen hatte, war es auch wieder weg. Doch mitten im Text des Evangeliums kam plötzlich eine große, schwarze, dickleibige Spinne aus dem Evangeliar. Sie krabbelte über die Seiten des Evangeliars und die Hände des Pfarrers, der sich - obwohl er sie eindeutig bemerkte - nichts anmerken ließ. Er las unbeirrt weiter. Der Messdiener der mir gegenüber stand, bekam, als er die Spinne sah, große Augen und wurde kreideweiß. Er blieb aber wie angewurzelt stehen und starrte ängstlich auf das Buch. Am Ende des Evangeliums, als der Pfarrer das Evangeliar hochhob, versteckte sich die Spinne unter dem weißen Tuch bis das Evangeliar wieder auf dem Ambo lag. Dann krabbelte sie schnell wieder in den Buchrücken, wo sie wohl anfangs hergekommen war. Als ich zur Kredenz zurück ging, musste ich meinen Partner erst etwas anstupsen, bevor er mitkam, da er noch immer fassungslos auf das Buch starrte. Nach der Messe erklärte uns der Pfarrer, dass diese nette Spinne schon seit Jahren im Evangeliar lebe und er sie ab und an mal sehe.

Aus persönlicher Erfahrung kann ich sagen, dass diese Spinnenart wirklich lieb ist. Wenn man ihr nichts tut, tut Sie einem auch nichts. Ich habe solche Spinnen auch schon auf der Hand gehabt, sie hin und her getragen und einmal auch gestreichelt. Meine Oma hatte nämlich auch solche Spinnen in ihrem Haus, als ich noch klein war und ich war schon immer tierlieb.

In den folgenden Jahren habe ich die Spinne noch ein paar mal gesehen und sie ist sogar noch 2021 da gewesen, obwohl unser Pfarrer leider schon länger in einer anderen Gemeinde ist. Oder es ist schon eine andere Spinnengeneration, da diese Spinnen leider meist nur sechs Jahre alt werden. Ich hoffe sehr, dass niemand ihr jemals etwas tut. Sie ist schließlich auch von Gott geschaffen und hat noch nie jemanden gebissen.

HEILIGE MAKRONEN

Während der Ferien besuchte ich Verwandte und wie üblich fragte ich in der lokalen Gemeinde an, ob ich mitdienen dürfe. Die Leute waren sehr nett und das Dienen machte mir viel Freude. Da einer der Priester des dortigen Pastoralverbundes krank war musste der andere Pfarrer ein paar Messen mehr machen als sonst. Da der Pfarrer mir bei unserem ersten Treffen erzählt hatte, dass backen sein Hobby sei, hatte ich ihm (wie von ihm erbeten) meine Lieblingskeksrezepte in den Briefkasten geworfen. Eine Woche später (nach der großen Feiertagsmesse am Abend) unterhielt ich mich wieder mit dem Pfarrer, unter anderem auch über die Rezepte. Er erzählte mir, dass er ein paar der Rezepte schon ausprobiert habe. Eines davon erst am Mittag nach den frühen Messen. Für dieses Rezept braucht man aber Backoblaten und er erzählte mir, da er keine mehr hatte und die Läden wegen der Feiertage geschlossen waren, habe er sich einige ungeweihte Hostien aus der Sakristei "geborgt". Ich muss dazusagen, dass der Pfarrer gerne etwas mehr Messwein (einen süßen Likörwein) in der Messe verwendete. Nein, er trank nicht übermäßig oder außerhalb der Messen, er machte den Kelch während der Messe nur gern recht voll... Und das wussten die Küsterinnen und Küster im Pastoralverbund auch und stellten ihm dementsprechend genug bereit. Aber nun hatte er ein paar Messen mehr gefeiert und so konnte es dann wohl auch zu der Verwechslung kommen. Denn noch während unseres Gespräches kam eine aufgelöste Küsterin auf uns zu. Sie hatte vergeblich den Tabernakel und die Sakristei nach den geweihten Hostien für den priesterlosen Gottesdienst am nächsten Morgen abgesucht. Nun war sie der festen Überzeugung, die Hostien seien gestohlen worden und war darum natürlich ziemlich fertig.

Der Pfarrer wurde wie auf Stichwort kreideweiß. Ihm ging wohl gerade ein Kronleuchter auf, dass er nun heilige Makronen in der Küche hatte. Ich versuchte mir nichts anmerken zu lassen und der Priester stammelte, man fände die Hostien bestimmt bald wieder und ich sagte dann: „Sie können ja derweil weitere Hostien weihen, Herr Pfarrer. Die anderen werden ja nicht so schnell schlecht. Sollten sie wieder auftauchen, kann man sie ja in der nächsten Messe verwenden." Ein sehr bedröppelter Pfarrer und die ziemlich aufgewühlte Küsterin gingen dann in die Kirche und der Priester weihte neue Hostien für den priesterlosen Gottesdienst am nächsten Morgen. Er hat seit dem übrigens die Regel, dass er ab der zweiten Messe am gleichen Tag nur noch Traubensaft statt Messwein nimmt.

Er hat der Küsterin übrigens nichts von den heiligen Plätzchen erzählt, sondern neue Hostien gekauft, sie geweiht, dann in die Sakristei gestellt und behauptet, er habe sie zufällig wiedergefunden. Aber das kann ich ihm auch beim besten Willen nicht verübeln.

JEDER HAT MAL 'NEN SCHLECHTEN TAG

Zu besonderen Zeiten im Jahr gibt es in vielen Gemeinden Sonntagabends Andachten. Bei ein paar dieser Andachten gibt es eine eucharistische Anbetung. Dabei knien Priester und Ministranten vorne an der Altarinsel. An einer Stelle wird das "Tantum Ergo" gebetet. Vor einer dieser Andachten kam ein total abgehetzter Pfarrer zwei Minuten vor Beginn der Andacht in die Sakristei der Gemeinde, in der ich an dem Abend diente, gehastet. Er hatte an dem Tag einen Termin nach dem Anderen gehabt und sich sehr beeilt, um nicht zu spät zu kommen. Wir vier Ministranten standen schon bereit und hatten bereits gebetet, so dass es losgehen konnte, sobald der Pfarrer umgezogen und bereit war. Als er sich umgezogen und ein Glas Wasser getrunken hatte, begann die Andacht. Zwischendrin hatte der Pfarrer ein paar kleinere Texthänger. Außer dem Pfarrer selbst hat das aber keinen gestört. Seine Kurzpredigt zum Bibeltext war echt Klasse. (Mehrere Leute dankten ihm nach der Andacht für diesen tollen Denkanstoß.) Als wir nun alle fünf (Pfarrer und vier Messdiener) an der Altarinsel knieten (bzw. die anderen Knieten, ich stand wegen einer Knieverletzung) und zur Stelle mit dem "Tantum Ergo" kamen, klappte der Pfarrer sein Buch nicht auf, da er das Gebet normalerweise auswendig kann. Aber dann hatte er wieder einen Texthänger. Der Junge links von ihm hielt ihm geistesgegenwärtig sein Buch hin und zeigte auf die passende Stelle. Außerdem war das ja im Teil, den alle zusammen singen. Erst ging es wieder, aber dann, im Teil den er allein spricht hatte er wieder einen Texthänger, obwohl er ja das Buch in der Hand hielt und es hätte öffnen können. Da ich rechts von ihm stand, (aber mein Buch ebenfalls zu hatte) flüsterte ich ihm das Stichwort zu und er sprach laut weiter, aber dann stockte er wieder. Da sahen wir Ministranten uns kurz an und stimmten alle in den Text ein. Die Gemeinde tat es ebenso.

Am Schluss der Andacht entschuldigte er sich für seine Texthänger, die aber außer ihm niemanden gestört hatten, was die Gemeinde ihm auch zeigte. In der Sakristei sagte er später zu uns: „Danke euch für euren Dienst und für's einspringen beim "Tantum Ergo". Nächstes mal beweise ich euch aber, dass ich das eigentlich auswendig kann."
Da mussten wir alle fünf kichern.

FRONLEICHNAM

Vor Corona hatten wir jedes Jahr eine Prozession zu
Fronleichnam in der Innenstadt an der viele katholische (und
ein paar griechisch-katholische) Gemeinden teilnahmen.
Darum waren natürlich auch eine Menge Ministranten dabei.
Manche trugen Schellen, andere Fahnen, wieder andere
Weihrauchfässer oder Schiffchen und schließlich trugen auch
einige Flambeaux. Normalerweise lief alles ruhig ab,
abgesehen von Kleinigkeiten (Ministranten die umkippen,
weil sie zu wenig getrunken haben und lange in der Sonne
standen - und um die sich selbstverständlich sofort jemand
kümmerte -, oder dass jemand einschläft) und wir hatten
immer unseren Spaß. Aber drei (meiner Meinung nach)
erwähnenswerte Kleinigkeiten gab es über die Jahre doch.

Eine davon war während der Prozession mitten in der Stadt.
Wir gingen durch die Fußgängerzone (immer zwei
nebeneinander) von dem Kirchplatz zur ersten Station.
Plötzlich lief ein Junge der eine große, rot-weiße Fahne trug
einfach nach rechts in den Außenbereich eines Cafés und
schlenderte - sich neugierig umschauend - zwischen den
Tischen mit verdutzt schauenden Gästen hindurch, bis ihn
ein älterer Junge wieder "einfing". Wir anderen Ministranten
fanden die Situation so lustig, dass wir uns sehr
zusammenreißen mussten, um nicht schallend loszulachen.

Die zweite Situation war nach einer solchen Prozession. Als
wir nach dem Ende in die Kirche zurück in die Ministranten-
umkleide gingen und uns fröhlich miteinander unterhielten,
stolperte ein kleines Mädchen mit Flambeaux in der Hand
über das Ende einer Kniebank, da sie zur Seite sah. Ich hatte
schon Angst, dass sie sich ernsthaft verletzt, aber der große
Junge der direkt hinter ihr ging hatte super Reflexe.

Blitzschnell packte er sie am Arm und hielt sie fest. Sie hing mit dem Gesicht circa 4 Handbreit über dem Boden. Aber Gott sei Dank hat er sie noch erwischt. Denn da das Flambeauxglas natürlich zersplittert war und der Flambeauxteller aus Metall besteht hat er ihr damit vermutlich einige, vielleicht sogar schwerere Gesichtsverletzungen erspart. Sie war auch nicht sauer, dass sie später ein paar blaue Flecken am Arm hatte, sondern war nur froh, dass er es geschafft hatte, sie noch rechtzeitig festzuhalten.

Ein anderes Mal war da eine Frau, die immer, wenn etwas auf einer anderen Sprache gebetet oder gelesen wurde „Wir sind hier in Deutschland" rief. Sofort hörte man einige Leute „pssst" und „Ruhe" sagen. Beim zweiten mal sagten noch mehr Leute „pssst" und jemand sagte: „Gott spricht alle Sprachen!" während die Ordner noch versuchten zu schauen, wo genau die Störende war, rief sie erneut: „Wir sind hier in Deutschland". Darauf bekam sie von so vielen Leuten Gegenwind und viele Leute sagten, dass es egal sei wo man ist und Gott uns alle geschaffen hat, dass sie schmollend und ein paar völkische Merkwürdigkeiten vor sich hin brabbelnd ihre Sachen nahm und sich weiter weg in ein Café setzte. Den Betroffenen konnte man zum Teil die Erleichterung deutlich ansehen, dass so viele Menschen lautstark der Störenden Paroli geboten haben und das nicht so haben stehen lassen.

DAS GEMEINDEFEST

Wir hatten Kirchweih- und Gemeindefest und zu diesem Anlass einen Freiluftgottesdienst auf dem Parkplatz hinter der Kirche. Natürlich hatten wir zu so einem Anlass das Vortragekreuz dabei, aber diesmal nur das "Kleine". Es ist circa 1,50m hoch und sehr leicht, da es einen leichten Holzstab hat und nur das Kreuz selbst überwiegend aus Metall besteht. An diesem Tag gab es bei uns wieder die Kinderkatechese. Das bedeutet, dass der Pfarrer am Anfang der Messe den Kindern erklärt, dass sie, wenn sie wollen, einen Teil der Messe im Gemeindehaus (oder in diesem Fall auf der Wiese neben der Kirche) feiern dürfen, wo die Bibelstellen kindgerechter erklärt und genauer beschaut werden. Manchmal wird auch gebastelt oder ein passendes Spiel gespielt und gesungen wird auch. Zur Gabenbereitung sind sie dann wieder bei den "Großen". Sie nehmen dorthin, wo sie die Kinderkatechese feiern, immer ein kleines Kreuz mit, das bis dahin auf dem Altar liegt. Eines der Kinder holt es, wenn sie zur Kinderkatechese gehen und eines bringt es zum Altar zurück, wenn sie wiederkommen. Der Junge, der diesmal das Kreuz holen sollte/wollte, sah das kleine Kreuz auf dem Altar nicht gleich und ging darum geradewegs zum "kleinen" Vortragekreuz und hob es aus der Halterung. Der Pfarrer wies ihn sehr freundlich darauf hin, dass das kleine Kreuz auf dem Altar gemeint war und zeigte es ihm. Der Junge antwortete: „Oops, das hatte ich nicht gesehen", stellte das Vortragekreuz zurück und nahm das "richtige" Kreuz mit. Wir Ministranten waren uns einig: Der wird später ein guter Kreuzträger. Danach ging das Festhochamt überwiegend weiter wie geplant. Am Ende wollte der Pfarrer noch einmal auf die Kollekte hinweisen (die wegen Corona nicht während, sondern am Ende der Messe war, so wie es auch bei einigen evangelischen Kirchen üblich ist). Dabei hatte er einen herrlichen Versprecher. Er sagte, dass man bitte beim Rausgehen daran denken solle, dass die Kollekte heute für die Caritas bestimmt sei und diese für ihre Arbeit Geld brauche. „Darum bedienen Sie sich bitte kräftig an den Kollektenkörben", sagte er. Da fing die Gemeinde schallend an zu lachen und der arme Pfarrer verbesserte sich kichernd. Dann war es noch ein schönes, wenn auch (coronabedingt) kleines Kirchweih- / Gemeindefest.

DER SONG ZUR BEZIEHUNG

Wir haben viele Organisten und einer hat eine Zeit lang gerne "weltliche" Lieder leicht verändert gespielt, wenn er während der Gemeindekommunion Improvisationen spielte. Das klang super. Ob es eher klassisch war, wie "Jupiter" von Gustav Holst, ältere Radiohits wie "Yellow Submarine" von den Beatles oder auch neuere Hits. An einem Sonntag dienten wir zu sechst und zwei der Ministranten waren ein Paar. Sie standen sich mit Flambeaux gegenüber, als sie plötzlich zu grinsen begannen und sich deutliche Blicke zuwarfen.

Das Lied, dass währenddessen gespielt wurde, kam mir auch sehr bekannt vor. Dann dämmerte es mir. Es war "Living to Love you" von Sarah Connor; Ein Liebeslied. Und wie sie mir nach der Messe grinsend verrieten: ihr Lied. Der Song ihrer Beziehung. Und es war ihr erster Jahrestag. Der Organist hat natürlich weder gewusst, dass es ihr Song war, noch, dass es ihr Jahrestag war. Es hat einfach nur perfekt gepasst.

GRÄBERSEGNUNG UND RÜCKSICHTNAHME

An einem eher nasskalten Tag hatten wir die Gräbersegnung (wie damals noch üblich) mit je drei Ministranten pro Priester. Einer stand mit Vortragekreuz beziehungsweise großem Flambeaux am Mittelgang und zeigte an, wo sich der Priester ungefähr befand und die anderen beiden gingen mit dem Priester durch die Reihen. Einer hielt das Weihwasser und reichte dem Priester das Aspergill an, der andere hielt ein kleines Flambeaux. Es war zwar schon relativ kalt, aber keiner von uns trug Handschuhe und weder die Priester noch wir Ministranten brauchten welche. Nur mein Partner jammerte sehr. Ich hielt das Weihwasser, er hatte das kleine Flambeaux. Trotz mehrfacher Warnung, dass er das nicht tun sollte, zog er sich die Rochetteärmel über die Hände und hielt diese dann abwechselnd über das kleine Flambeaux, um sich die Hände zu wärmen. Dabei hielt er einmal die Hand zu lange über das Flambeaux und der Rochetteärmel fing schließlich Feuer. Da ich gerade neben ihm ging, packte ich seinen Arm und löschte. Es war ein Loch im Rochetteärmel, dass beinahe die Größe einer Apfelsine hatte. Der Schreck wärmte ihn offensichtlich genug, dass er einige Minuten lang ruhig blieb. Aber dann fing er wieder an zu jammern, wie kalt ihm an den Händen sei. Dann kamen wir an ein Grab, wo eine ältere Dame (Mitte bis Ende Achtzig) um ihren kürzlich verstorbenen Mann trauerte. Der Priester begann mit der Segnung, aber mein Partner nörgelte leise vor sich hin. Da zog die ältere Dame plötzlich ihre Handschuhe aus der Tasche und hielt sie meinem Partner unter die Nase. „Hier, nimm. Und dann sei still, ich will in Ruhe um meinen Mann trauern" sagte sie. Er starrte die Handschuhe an, überlegte kurz und sagte dann: „Entschuldigung". Dann machte er eine ablehnende Geste. Die Dame nickte und strich ihm über den

Kopf, dann steckte sie ihre Handschuhe wieder ein. Danach jammerte er nicht mehr. Später auf dem Heimweg sagte er mir, ihm sei gar nicht so kalt gewesen, eher langweilig und er habe gar nicht bemerkt, wie stark sein Gejammer die Trauernden gestört haben muss, bis die Dame ihn darauf ansprach. Er war nur heilfroh, dass sie ihm nicht mehr böse war.

STREICHHÖLZER

Man kann jemandem zeigen was man von seinem Verhalten hält, ohne ihm das direkt zu sagen oder hinter seinem Rücken zu lästern. Und wenn man nicht weiß was man sagen soll, ist das vielleicht manchmal auch besser. So war das auch in einer kleinen Gemeinde, in der ich für ein paar Monate die Messe besuchte. In dieser Gemeinde versah eine sehr alte Nonne den Küsterdienst. Dass der Gemeindepfarrer etwas schwierig sei, wurde mir schon zu Anfang von Bekannten gesagt, die schon seit Jahrzehnten in der Gemeinde sind. So war er zum Beispiel der Meinung, dass Mädchen ab Beginn der Pubertät "unrein" wären und die Jungs ablenkten. Darum sollten sie ab dann nicht mehr Messdienen. Er hatte mehrere merkwürdige Ansichten. Aber dennoch hatte ihn seine Gemeinde gern. Eines Tages kam ich etwas früher als üblich in die Kirche und setzte mich auf die Orgelempore. In der Kirche waren außer mir noch acht Leute. Plötzlich hörte man den Pfarrer durch die geschlossene Sakristeitür brüllen. Was genau konnte man schlecht verstehen, aber das Brüllen war relativ laut. Kurz danach kam die alte Nonne leise weinend aus der Sakristei. Eine andere alte Dame lief ihr hinterher, um sie zu trösten. Die Messe verlief in einer gedrückten Stimmung. Nach der Messe erzählte mir einer der Messdiener, warum der Pfarrer gebrüllt hatte. Der Pfarrer hatte die Küsterin angeschrien, weil sie sieben Streichhölzer gebraucht hatte, um drei Kerzen anzuzünden. Erst hoffte ich, dass er sich irrt, aber die alte Dame, die die Küsterin getröstet hatte, sagte, dass die Küsterin ihr das gleiche erzählt habe. Das schockierte natürlich alle Anwesenden. Am nächsten Sonntag fand der Pfarrer, als er zur Messe kam, die Sakristeitür verbaut vor. Sie war von unten nach oben zu-gestapelt mit funkelnagelneuen Streichholzpäckchen verschiedener Farben und Größen...

Niemand verlor mehr ein Wort über die Geschichte und alle behandelten den Pfarrer so normal wie immer. Er hat sich übrigens selbstständig bei der alten Nonne entschuldigt. Diese nahm die Entschuldigung auch an. Aber bis heute hat die Gemeinde keine neuen Streichhölzer mehr kaufen müssen.

KOMMUNIONHELFER HAT PECH

Auch ein Kommunionhelfer kann mal Pech haben.

An einem Sonntag im Spätherbst erging es einem von Ihnen in der Messe so. Da er wegen Corona zu den Leuten hin gehen musste, um die Kommunion auszuteilen, musste er natürlich durch die Reihen gehen die nicht besetzt waren, um den Gemeindemitgliedern die Kommunion zu bringen. Und an diesem Sonntag stolperte er. Das Ziborium knallte gegen die Bank und die Hostien ergossen sich auf Bank und Boden. Die netten Leute die in der Bank dahinter saßen, fingen sofort an die Hostien aufzuheben und dem armen Kommunionhelfer blieb nichts anderes übrig, als sie in seine Hosen- und Jacketttaschen zu stecken. Die Hostien konnte man so schließlich nicht mehr an die Gemeinde verteilen...

Die wenigen, noch in dem Ziborium verbliebenen Hostien, verteilte er dann aber noch und brachte später die "verunglückten" Hostien in die Sakristei. Denn man kann ja geweihte Hostien auch nicht einfach wegwerfen. Der Pfarrer, der an dem Tag die Messe hielt, war echt ein lieber Mensch, hatte selbstverständlich vollstes Verständnis dafür und nahm sich des Problems an.

BEERDIGUNGEN

Auch Beerdigungen laufen übrigens nicht immer nach Plan.
Zum Beispiel, weil ein Verwandter umkippt, oder sich auf die
Bänke übergibt.
Oder weil plötzlich ein Partyhit durch die Stille schallt, da
jemand sein Handy auszuschalten vergaß (in dem Fall war es
"Celebration von Kool & The Gang").

Ein anderes Mal, bei einer sehr großen Beerdigung, stolperte
ein kleines Mädchen (vielleicht 1,5 Jahre alt) nach vorn zum
Sarg und begann ihn abzutasten. Nach kurzer Zeit wurde es
dann von einer Frau "eingefangen" und wieder in die Bank
gebracht. Einige Minuten später lief das kleine Mädchen aber
wieder zum Sarg, griff zielstrebig einen Sargnagel und fing
an, ihn zu drehen.   Als es anfing auch am Sargnagel zu
ziehen, sprang ein Mann auf und trug es zurück in die Bank.

Bei einer Beerdigung eines jungen Mannes, gab es sogar eine
Schlägerei, die aber von anderen Anwesenden sehr zügig
beendet wurde.

Und dann war da noch die Beerdigung, bei der der Bestatter,
die Organistin, wir Ministranten und die Familie des
Verstorbenen vergeblich auf den Priester warteten.
Der Bestatter rief den Pfarrer immer wieder an, aber erreicht
ihn nicht. Etwa eine halbe Stunde nach geplantem Beginn
der Trauerfeier sprachen sich die Organistin und Bestatter ab
und der Bestatter hielt dann die Trauerfeier. Die Organistin
sagte die Lieder passend an. Wir Ministranten machten
unseren Dienst fast so wie immer. Später erfuhren wir, dass
der Pfarrer nicht kam, weil er einen Autounfall hatte und das
Handy im Trubel nicht hörte.

Bei einer anderen Trauerfeier, verwechselte der Priester den Verstorbenen mit einem anderen Verstorbenen und erzählte darum die falsche Lebensgeschichte. Nun kam hinzu, dass die Verstorbenen zufällig das gleiche Hobby hatten (nämlich Holzwerkarbeiten). Ansonsten waren sie aber komplett verschieden. Und als der Priester nun vom bewegten Leben des Verstorbenen erzählte, den vielen Frauen und der überstandenen Alkoholsucht, wurden die Gesichter immer länger. Aber als er dann mit den Worten schloss: „...Aber was ihn auch in seinem Leben umtrieb, so wusste er doch tief in seinem Herzen, dass er immer nur seine Anneliese liebte", brach die Witwe in Tränen aus und war nicht mehr zu beruhigen. Sie hieß natürlich nicht Anneliese und das Ganze war verständlicherweise viel zu viel für sie. Während sich nun einige Leute um die aufgelöste Witwe kümmerten, begannen zwei Männer aufgeregt mit dem Priester zu reden. Es stellte sich dabei natürlich schnell heraus, dass er die beiden Toten verwechselt hatte....

DER ABGEBROCHENE ZAHN

An einem Samstagabend waren wir zu zweit und hatten eine schöne, ruhige Messe mit einem netten, älteren Pfarrer. Es war eine schöne Stimmung und hier und da gab es was zu Schmunzeln. Als der Pfarrer und der Kommunionhelfer die Hostie genommen hatten, nahm der Pfarrer den Kelch und trank. Dann streckte der Kommunionhelfer seine Hände aus, aber der Pfarrer schüttelte mit einem etwas gequälten Gesichtsausdruck den Kopf und drehte sich samt dem Kelch weg. Dann trank er einen weiteren Schluck aus dem Kelch, nahm ein Tuch und schien zu husten. Jedoch spuckte er dabei etwas ins Tuch.

Der Kommunionhelfer verstand nicht, tippte den Pfarrer an und sagte leise, er wolle gern auch vom Blut Christi trinken. Dieser flüsterte dem verdutzten Kommunionhelfer zu, dass dies nicht ginge und er jetzt bitte das Ziborium nehmen und die Kommunionsausteilung beginnen solle.

Er selbst deckte eine Palla auf den Kelch, nahm seine Schale und begann dann auch mit der Kommunionsausteilung. Nach der Messe sagte der Pfarrer dann dem Kommunionhelfer was der Grund für sein Verhalten war. Ihm war nämlich ein Zahn abgebrochen und in den Kelch gefallen... Darum konnte er den Kommunionhelfer auch nicht aus dem Kelch trinken lassen. Und darum hatte er ins Tuch gehustet (um das Zahnstück hinein zu spucken). Dafür hatte der Kommunionhelfer Verständnis und erzählte dem Pfarrer sofort davon, wie er selbst sich mal an einer Kaffeetasse einen Zahn abgebrochen hatte.

DIE DICKE FLIEGE

An einem Sonntag dienten wir zu sechst. Ich war Ceroferar.
Schon während des Einzugs fiel mir eine dicke Fliege auf, die
durch die Kirche brummte. Sie rammte sogar einmal im
Vorbeifliegen die Hand meiner Partnerin. Surrend irrte sie
durch die Kirche und ließ sich auf dem Kopf eines älteren
Herren nieder. Prompt verheddert Sie sich in dessen Toupet
und zappelte und strampelte, bis sie sie sich schließlich
gerade noch rechtzeitig befreien konnte, bevor der Mann sich
durch die Haare strich. Dann flog sie zum Ambo, umkreiste
danach die Altarkerzen und brummte schließlich den
Mittelgang entlang nach hinten. Danach habe ich sie erst mal
aus den Augen verloren. Ich war schließlich auf die Messe
konzentriert. Während der Predigt hörte ich sie wieder. Sie
hatte die Pietà für sich entdeckt und krabbelte und hüpfte
darauf herum. Dann flog sie zur Kredenz und schien alles
darauf Befindliche unbedingt erkunden zu wollen. Da ich
weiter der Messe folgte sah ich nicht, was dann mit ihr
geschah. Während die Akolythen die Gabenbereitung
machen, haben die Anderen (zumindest vor Corona) die
Aufgabe, die Kollekte zu machen und beim Hochamt, auch
den kleinen Tisch, auf dem zwei Schalen mit Hostien stehen,
wieder zur Seite zu stellen. Die Akolythen haben zu dem
Zeitpunkt die Metallschale mit Hostien bereits abgeholt und
es steht nur noch eine Holzschale mit Hostien darauf.

Diese nehmen die Ceroferare mit in die Sakristei. Wenn man
mit der Kollekte schnell fertig ist, kann man manchmal die
Akolythen noch etwas beobachten. Und so fiel mir auf, wie
sehr der Ministrant, der dem Priester den Wein gab, den
Priester anstrahlte, ja fast in Lachen ausbrach. Der Priester
grinste leicht irritiert zurück. Danach ging alles seinen
gewohnten Gang. Als der Priester jedoch aus dem Kelch

trank, bekam er plötzlich große Augen, schnappte sich ein
Tuch und schien zu Husten. Von meiner Perspektive aus sah
es aber aus, als würde er etwas ausspucken und ich erinnerte
mich an die Situation mit dem Zahn, die sich ein gutes Jahr
davor bei einem anderen Pfarrer, in einer anderen Gemeinde
ereignet hatte.   Nach der Messe fragte der Priester in der
Sakristei den Akolythen, der ihm den Wein gegeben hatte, ob
er denn nicht gesehen habe, dass im Wein eine Fliege war.
Dieser sagte: „Doch, darum hab ich ja so lachen müssen."
Genau dieses Lachen war aber der Grund, warum der
Priester nicht hingesehen hatte, als er den Wein in den Kelch
goss (brauchte er normalerweise auch nicht, er nahm nämlich
immer den ganzen Wein aus dem Kännchen...), er hatte auf
den Ministranten geachtet, weil der sich so komisch verhielt.
Die Fliege hatte ihn dann aber vor ein Problem gestellt. Denn:
schlucken wollte er sie nicht, aber er hatte sie ja erst bemerkt,
als er sie im Mund hatte, also war sie durchtränkt vom Blut
Christi. Darum konnte man sie auch nicht einfach im Müll
entsorgen. Und so kommt es, dass die Fliege vom Priester im
Kirchgarten, unter dem Kreuz, heimlich beerdigt wurde.

GLAUBEN LEBEN KANN ARBEIT BEDEUTEN

An einem Sonntag diente ich in einer schönen alten Kirche. Neben dem Hauptportal im Kirchraum waren zwei Tische aufgestellt worden, wo fair gehandelte Schokoladen, andere Süßigkeiten, Kaffee, Stofftücher, Bibel- und Gesangbuchhüllen, Mäppchen, Stifte und allerlei anderes fair gehandeltes zum Verkauf angeboten wurden. Gern durfte man auch eine Spende dalassen für eben jenes Projekt, das arme Menschen in Afrika und Südamerika unterstützen sollte. Statt normaler Bänke oder Stühlen, die es in moderneren Kirchen gibt, hatte diese Kirche ein schönes, altes, gut gepflegtes Holzgestühl und an den Seiten hingen kleine Blumenbouquets, da es das Kirchweihfest war. Wir dienten zu siebt (ich war Ceroferar) und die Messe war schön und feierlich. Als das Evangelium an der Reihe war, wurde Johannes 2, 13-16 gelesen. Das ist die Stelle, an der Jesus die Händler aus dem Tempel vertreibt. Am Ende des Evangeliums, als wir unsere Flambeaux zurück zur Kredenz brachten, verneigten sich die zwei ältesten Ministranten und gingen Richtung Hauptportal, als wollten sie raus gehen. Da ja nun die Predigt kam, sah die Gemeinde nicht, was hinten geschah. Ein altes Ehepaar packte vorsichtig und leise die fair gehandelten Waren in Pappkartons. Die beiden Ministranten halfen ihnen dabei und trugen dann alles raus. Die beiden Ministranten blieben bis zum Messende verschwunden.Wir anderen ließen uns nichts anmerken und verteilten die Aufgaben eben ein bisschen anders. Beim anschließenden Kirchweihfest trafen wir sie wieder und sie erklärten uns grinsend warum sie verschwunden waren.

Das alte Ehepaar gehörte zum Pfarrgemeinderat, hatte den Verkauf der Sachen organisiert und die Verkaufstische aufgestellt. Dabei hatten sie nicht an diese Bibelstelle gedacht. Aber als diese nun gelesen wurde, fand das Paar die

Verkaufsstelle plötzlich sehr unpassend und beschloss, sie schnell und heimlich ins Gemeindehaus zu verlegen. Darum schlichen sie zum Verkaufstisch und begannen, die Sachen einzupacken. Die beiden Ministranten hatten das gesehen und sofort begriffen was los war. Darum gingen sie helfen. „Man kennt ja seine Pappenheimer", grinste Ben (der größere der beiden). „Bevor sich jemand wehtut, verhebt oder überanstrengt, helfen wir lieber." - „Jaja, den Glauben leben kann Arbeit bedeuten", kicherte Jakob (der andere).

Auf jeden Fall ist es keinem aufgefallen und selbst wenn, hat zumindest keiner etwas gesagt. (Außerdem ging es Ihnen ja nicht um Profit sondern ums helfen und da hat Jesus sowieso nichts gegen.) Aber lustig war´s schon irgendwie.

DIE AUGEN DER MUTTER

Wir haben häufig Taufen, in denen ich auch sehr gern den Messdienst übernehme. Am Ende der Taufen stehen alle vor der Altarinsel und beten gemeinsam das Vaterunser. Danach spricht der Priester noch Gebete für die Mutter, den Vater und die Paten. Bei diesen Gebeten schaue ich gern die Mutter, den Vater und die Paten an.

Das Gebet für die Mutter hat teilweise folgenden Text: „Allmächtiger, ewiger Gott, segne die Mutter dieses neu getauften Kindes durch deinen Sohn, Jesus Christus. Sie dankt dir für die glückliche Geburt ihres Kindes..." - An dieser Stelle entgleisen den Müttern gern mal die Gesichtszüge, aber bei einer Taufe verdrehte die Mutter die Augen und flüsterte der Patin (ein wenig zu laut) zu: „Von wegen glücklich. 42 Stunden in den Wehen und auch noch ein Dammriss!"

Der Priester hat es gehört und prompt in sein Gebet eingebaut : „... und Danke dafür, dass die Wunden heilen, aber die Liebe bleibt. Beim nächsten Kind schenke ihr eine schnelle Geburt und dem Täufling ein gesundes Geschwisterchen, mit dem er spielen und von deiner Gnade lernen kann." Nach der Taufe lachten Priester und Mutter noch herzlich gemeinsam darüber.

Glossar/Wortbedeutungen:

Akolyth = Altardiener

Albe = Weißes Untergewand des Priesters, dass an das Taufkleid erinnern soll

Altarinsel = Bauliche Erhöhung, auf der der Altar steht

Ambo = Lesepult

Aspergill = Länglicher Stab mit kugelförmiger Spitze zum verspritzen von Weihwasser

Ceroferar = Kerzenträger/Lichtträger

eucharistische Anbetung = auch Aussetzung des Allerheiligsten. Dabei wird eine Monstranz auf den Altar gestellt und es folgt eine Zeit der stillen, anbetenden Verehrung (des in der Monstranz befindlichen Leib Christi). Abschluss der Aussetzung des Allerheiligsten ist der sakramentale oder eucharistische Segen.

Evangeliar = (oft verziertes) liturgisches Buch, mit dem vollständigen Text der vier Evangelien

Evangelienzug = kleiner prozessionsartiger Zug zweier Ministranten mit Flambeaux und Priester mit Evangeliar vom Altar zum Ambo

Festhochamt = eine besonders feierliche Form der heiligen Messe

<u>Flambeaux</u>	= spezielle Kerzenleuchter (Beispielbild: siehe S. 46)
<u>Flambeauxglas</u>	= gläserner Windschutz des Kerzenleuchters (Beispielbild: siehe S. 46)
<u>Flambeauxteller</u>	= Metallener Teller unter dem Flambeauxglas (Beispielbild: siehe S. 46)
<u>Fremdpfarrer</u>	= Pfarrer, der nicht zu dem gleichen Pastoralverbund gehört
<u>Freitagsopferstock</u>	= zum Gedenken an Jesu Leid, verzichten manche Christen Freitags auf Fleisch, oder anderes. Das dadurch gesparte Geld kann man in den Freitagsopferstock tun und es wird meist für die Lebensmittelausgabe an Bedürftige genutzt
<u>griechisch Kath.</u>	= katholische Ostkirche des byzantinischen Ritus in Griechenland
<u>Hostie</u>	= rundes Stück Esspapier, dass geweiht wird zum Leib Christi
<u>Inzens</u>	= Segnung durch Beräucherung von Menschen oder Gegenständen
<u>Kollekte</u>	= Geld, das während der Messe für gute Zwecke gesammelt wird
<u>Kommunion</u>	= Gemeinschaftsmahl der Gläubigen mit Christus durch den Empfang der nach der Wandlung ausgeteilten Hostien
<u>Konzelebrant</u>	= Geistlicher, der mit anderen Geistlichen die Eucharistie feiert

Kredenz	= Tischchen mit Wein, Wasser, Büchern und anderen Dingen, die in der Messe benötigt werden
Libriferar	= Buchträger
Lunula	= italienisch für Möndchen (Mondförmige Klemme für die Monstranz)
Messdienersakristei	= Raum, in dem sich Ministranten umziehen und ihre Sachen aufbewahren
Ministrant	= Messdiener
Monstranz	= Geschmücktes Gefäß in dessen Mitte eine geweihte Hostie sichtbar eingesetzt ist
Navikular	= Schiffchenträger
Palla	= mit Stoff überzogene Pappe, die zum Schutz vor Fliegen, Dreck etc. auf den Kelch und/oder die Hostienschale gelegt wird
Patene	= flacher Teller auf den Dochte, Öle oder ähnliches gelegt werden
Pastoralverbund	= Zummenschluss mehrerer Kirchengemeinden
Pfarrgemeinderat	= ein Gremium in einer katholischen Kirchengemeinde, das sich aus gewählten, berufenen und amtlichen Mitgliedern zusammensetzt
Rochette	= weißes Oberteil, dass an das Taufkleid erinnern soll

<u>Sakristei</u>	= Raum neben dem Kirchraum, in dem liturgische Kleidung, Altartücher, Schalen etc. aufbewahrt werden und wo sich der Priester auf die Messe vorbereitet
<u>Talar</u>	= Buntes Gewand das Priester / Ministranten tragen
<u>Thuriferar</u>	= Weihrauchfassträger
<u>Trauung</u>	= Kirchliche Form der Hochzeit
<u>Zelebrant</u>	= Mensch, der eine Messe, Vesper, einen Gottesdienst oder eine Andacht leitet.
<u>Ziborium</u>	= Gefäß in dem geweihte Hostien aufbewahrt werden (sieht aus wie ein Kelch mit Deckel)

EINMAL MESSDIENER, IMMER MESSDIENER

Frei nach: Einmal Hexe, immer Hexe (Beispiel: Bibi Blocksberg - der Film).